中华先锋人物
故事汇

钟南山

生命的卫士

ZHONG NANSHAN
SHENGMING DE WEISHI

李秋沅 著

党建读物出版社　接力出版社

图书在版编目（CIP）数据

钟南山：生命的卫士/李秋沅著. — 南宁：接力出版社；北京：党建读物出版社，2020.4（2024.4重印）
（中华人物故事汇.中华先锋人物故事汇）
ISBN 978-7-5448-6424-4

Ⅰ.①钟… Ⅱ.①李… Ⅲ.①传记小说-中国-当代 Ⅳ.①I247.5

中国版本图书馆CIP数据核字(2020)第007232号

钟南山——生命的卫士
李秋沅　著

责任编辑：袁怡黄　王舒婷
责任校对：张琦锋　贾玲云　杨艳　阮萍　杜伟娜　王静
装帧设计：严冬　许继云　　美术编辑：高春雷
出版发行：党建读物出版社　接力出版社
地　　址：北京市西城区西长安街80号东楼（邮编：100815）
　　　　　广西南宁市园湖南路9号（邮编：530022）
网　　址：http://www.djcb71.com　　http://www.jielibj.com
电　　话：010-65547970/7621
经　　销：新华书店
印　　刷：河北鹏润印刷有限公司
2020年4月第1版　　2024年4月第20次印刷
787毫米×1092毫米　32开本　　6印张　　80千字
印数：720 279—730 278册　　定价：22.00元

版权所有　侵权必究

质量服务承诺：如发现缺页、错页、倒装等印装质量问题，可直接联系本社调换。
服务电话：010-65545440

目 录

写给小读者的话 ……… 1

钟家的男孩 ……… 1
战争的阴霾 ……… 5
父母的教导 ……… 11
做诚实的人 ……… 15
岭南一顽童 ……… 19
母亲的承诺 ……… 25
父亲的选择 ……… 29
医学的启蒙 ……… 31
人生的选择 ……… 37
破全国纪录 ……… 43
甜蜜与等待 ……… 51
医者的志向 ……… 55
你今年几岁 ……… 59

受挫与发奋	63
辉煌第一步	69
艰辛的旅途	75
第一次亮相	81
研究出成果	89
向权威挑战	95
攀登新高峰	101
团队领头人	109
院士的诞生	115
"非典"忽来袭	121
勇气与担当	127
以事实为据	133
送到我这里	137
说，还是不说	145
历史不会忘	151
服务于社会	155
上下而求索	161
少年与院士	167
国士的担当	171

写给小读者的话

父母都去上班了,十一岁的少年拿着家里最大的一把布伞,快步上楼。到了三楼,他推开窗子,慢慢撑开伞,犹豫了一会儿,低头一看,楼下是一片草地。草地上的草很厚实,绿色有点晃他的眼。他的心怦怦跳着,他又抬眼看了看头顶撑开的伞。他已经决定要冒一次险。他太想像空中的鸟儿一样飞翔了。他没有翅膀,也没有武艺,但他有这把大伞。他确信,如果撑着伞跃下①,就犹如有了降落伞,他将像蒲公英的种子那般在风中飘摇下落,而后安全地落地。

整个过程快得没给他丝毫反应的时间,但楼下

---

① 危险动作,请勿模仿。

厚实的草皮救了他一命，幸好不是头部着地。少年躺在草地上，脑袋里一片空白，他无法思考，亦无法动弹。时空凝滞，时间仿佛从他的生命中逃遁。

少年在草地上躺了一个多小时，才从撞击的疼痛与震惊中回过神来。他试着动了动身子，举举手，抬抬腿，全身上下都能动。他吁了口气，慢慢从草地上爬起来，走了几步。腰部很不舒服，但还可以忍受，除此之外，他没发现自己和从前有什么不同。

父母还没回来，他慢慢往屋里走，方才的一切，恍若一梦。这事，他没敢告诉家里的大人。

这是他第二次近距离面对死神。十年前，他在不满周岁时，也曾遭遇危险，但那是被动遇险而后死里逃生；而这一次，他出于少年的鲁莽，主动接近死神并再一次逃脱。他肯定不会想到，五十五年之后，他将再一次主动近距离面对死神，并用自己的勇气与智慧，撑起一方蓝天，庇护千千万万的同胞，抵挡死神的凶狠进逼。

这位少年就是钟南山。

钟家的男孩

钟南山——这是一个美好的、蕴含着祝福与期盼的名字。

一九三六年十月二十日,在南京中央医院,儿科主治医师钟世藩从护士手中接过初生的婴儿。婴儿闭着眼,攥紧拳头,用尽全身力气啼哭着,哭声响亮。钟世藩笑了。这是钟家的孩子,他和廖月琴的头生子。这年,钟世藩三十五岁,廖月琴二十五岁。

钟世藩一九〇一年出生于厦门,父母去世得早,他很小的时候就成了孤儿,跟着叔叔在厦门读书。因为没有父母照顾,钟世藩从小便坚强自立。他发奋苦读,中学毕业后,考入了北京协和医学院。一九二四年，北京协和医学院仅招收四十名新生。经过几年寒窗苦读，一九三〇年钟世藩顺利毕业，获得医学博士学位。同届的四十名医学院学生，只有八名顺利毕业，钟世藩就是其中的佼佼者。身世坎坷的钟世藩，如一颗落在岩石上的种子，在逆境之中倔强生长，成了一名受人尊敬的儿科医生。

钟世藩父母早亡，童年不幸，而他美丽温婉的妻子廖月琴，则自幼备受父母呵护，童年生活幸福而美好。廖月琴一九一一年出生于厦门鼓浪屿颇有名望的廖氏家族。廖家家道殷实，家风良好，子弟知书达理，在岛上颇受尊重。林语堂之妻廖翠凤，亦出自廖氏家族。廖月琴是家中的二女儿，她还有姐姐廖素琴和弟弟廖永廉，她的童年时代是在廖家老宅度过的，后来又搬进了离老宅不远的、由父亲亲自设计建造的廖家小楼里。她和家人就在廖家小楼里生活，读书、弹琴、嬉戏……日子平安而喜乐。少女时代，廖月琴在鼓浪屿毓德女中就读。二十世纪二三十年代，是厦门女子教育发展的黄金时期。当年的鼓浪屿毓德女中,是厦漳地区教育水准最高、影响力最大的女校。毓德女中以培养德智体群四育并臻的巾帼完人为教育目标,以拓宽女生视野胸襟,培养女生拥有服务社会、博爱奉献之精神为己任。从毓德女中毕业的廖月琴,并不像从前养在深闺的女子那般小气促狭,而是拥有大气魄,多才多艺。她精通英文,运动、演说、音乐等各方面的才能都很出众。中学毕业后,廖月琴考上北京协和医学院的高级护理专业。一九三四年,廖月琴与钟世藩成婚,随夫北上南京,离开了她父亲盖的廖家小楼。

钟世藩给他和廖月琴的头生子起名为"钟南山"。孩子在南京中央医院出生,医院就在南京钟山的南面,以"南山"为名,既契合了孩子的出生之地,又蕴含了诸多美意。古人曾留下"知者乐水,仁者乐山……知者乐,仁者寿"的名句。以"山"为名,蕴含着仁与寿的祝福,而山之巍巍、山之刚毅、山之沉稳、山之胸襟广阔、山之志向远大,亦契合钟世藩心中顶天立地的男子汉的品格与风貌。钟世藩希望这个叫"南山"

的孩子，如山般健硕强壮，如山般刚毅难以摧毁，如山般遇风雨而傲立，如山般拥有广博而仁厚的胸怀和远大志向。

战争的阴霾

战争的阴霾逼近，血雨腥风裹挟着苦难与死亡，狞笑着为中华大地拉开阴冷的序幕。

这个叫"南山"的孩子，出生于被战争阴影笼罩的危急时刻，必定会遭遇诸多命运的考验。而他稚嫩的生命，真的会如巍然屹立的山，扛住血雨腥风的洗礼吗？命运正等待着他交出答卷。

一九三七年七月七日，"卢沟桥事变"爆发。日本侵占北平、天津，进逼上海。从此，日军开始了对南京长达四个月的轰炸，直至南京沦陷，遭遇屠城浩劫。八月十三日，日本海军陆战队向淞沪铁路天通庵站至横滨路的中国守军开枪挑衅，并在坦克掩护下沿宝山路进攻，上海的中国驻军奋起抵抗。

一九三七年八月十五日，南京的空袭警报声响了起来，轰炸机轰隆隆地盘旋在南京上空，这是日军在轰炸完上海后，首次空袭南京。

尚不足周岁的婴儿钟南山，竟被命运之手毫不留情地推入刺耳的空袭警报声与遭遇轰炸的惊恐险境之中。在日军的一次轰炸中，钟家所住的房屋被炸毁，而婴儿钟南山还在屋里，外婆与母亲惊恐万分地将他从废墟中救出来。他满脸是灰，在瓦砾下憋得脸色发黑，半天都不会哭。倘若外婆与母亲的搭救再迟一刻，钟南山的性命也许就会不保。这是不足周岁的他，第一次面对死神而侥幸逃脱。

此时，从前线退下来的中国军队也大批拥入南京，南京城内一片混乱。天气渐渐凉了，冬日渐近，南京局势紧张。为了躲避战火，南京中央医院西迁至贵阳。钟世藩带着全家老小，长途跋涉，跟随南京中央医院往西迁移避难，一路风餐露宿，饱经疲乏与辛劳。一路上，衣衫褴褛、一脸迷茫的难民随处可见，流浪者和乞丐伸着枯干的手，无望又无助地向路过的人乞讨。战火就在家园燃起，中国百姓的困顿显而易见，缺衣少食、忍饥挨饿是常态，即便是原本手头宽裕的人家，经过了战火的洗劫，也都变得一贫如洗。

一九三七年冬，钟家在贵阳安顿下来。后来，钟家又添了个可爱的女儿，钟南山多了个妹妹。钟世藩也借出生地的地名"黔"，给这个女儿起名为钟黔君。钟南山和妹妹在贵阳慢慢长大了。白天他上幼儿园，晚上则与家人在一起度过快乐时光，母亲乐于陪他和妹妹玩，常给他们讲故事。一九四二年，钟南山在贵阳上了小学。

贵阳是后方，战争浓烈的硝烟虽暂时没有逼近，但危险还是时时刻刻都存在的。一九四三年，钟家再一次遭遇空袭。那天，钟世藩夫妇带着钟南山和钟黔君去公园玩。公园里，孩童嬉戏，蝴蝶纷飞，一派祥和。忽然，尖锐刺耳的空袭警报声响起，公园里原本温馨惬意的气氛顿时变得紧张起来，孩童的呼喊声、大人的惊呼声伴随着众人往防空洞逃命的脚步声，撕碎了祥和与安宁。防空洞太远了，带着

8　中华先锋人物故事汇　钟南山

两个小孩跑不快，钟世藩和廖月琴只能就近躲避到玉米地里。钟南山躲在玉米地里，大气也不敢出，动也不敢动，吓得脸色发白、手脚冰凉。他听见一枚枚炮弹呼啸着落地，而后爆炸声阵阵。空气中弥漫着呛人的硝烟味，爆炸就发生在不远处，钟家所住的地方。

轰炸结束，钟世藩夫妇带着钟南山兄妹回家。眼前，他们的家已被炸成废墟。好不容易置办好的可容身的家，又没了。这回，连钟世藩夫妇珍爱的医学书籍——那些千里迢迢、历尽艰难舍不得丢弃，从南京运来的书籍——也没了。一切又得重新置办。房子被炸毁后，钟世藩一家只好搬进医院一间临时搭建的小房子里。

在贵阳，钟家的生活非常清贫，一家人能填饱肚子就算不错了，榨菜算是佳肴，而如果钟南山和妹妹能吃上一块腐乳，那他们就高兴坏了。但对于孩童来说，他们关心的，只有当下属于孩童的玩闹与快乐，对于柴米油盐是否够用、日子是否清贫，他们并不在意。

尽管一家人在战争的阴霾笼罩下生活，但因

为有父亲母亲的呵护与爱，钟南山和妹妹的童年还是快乐的，钟南山顽皮淘气的天性并没有因所处时代的艰辛而受到压抑。

父母的教导

在钟南山的心目中,母亲廖月琴是那么美丽。她的衣着总是那么朴素,过年穿的带着碎花的白衫,就是她最花哨的衣服了。但再朴素的衣服,也遮挡不住她的美。她有这世界上最美、最温柔的眼睛。她总是微笑着,耐心地听孩子们说话,并不因为他们仅仅是孩童而轻视他们发表的意见。她也从不粗暴地训斥孩子或者霸道地要求孩子服从,若要批评孩子们,她总是婉转地提出,和孩子们讲道理。她像尊重大人一样尊重孩子。她对孩子好,对外人也好,善良而又有怜悯心,若有人向她求助,她总会无私地提供帮助。只要家里人衣服够穿,廖月琴就会把"多余"的衣服送给身边那些非常困难、衣服都不够穿的人，帮助他们。母亲的仁爱与善良，给钟南山留下了很深的印象。

母亲给钟南山讲了许多故事，其中有一个故事，他记得很牢。有一对夫妻很穷。平安夜到了，妻子为了让丈夫高兴，卖掉了自己心爱的长发，为丈夫买了条金表链做礼物。这是因为她知道，那没有表链的手表，是丈夫的心爱之物。而丈夫，却卖掉了心爱的手表，为妻子买了把漂亮的梳子。这个故事是美国作家欧·亨利写的《麦琪的礼物》。钟南山当时还是个孩子，他虽然无法完全领会故事的深意，但是故事中的人宁愿舍弃自己心爱之物也要成全对方的举动，却在他的记忆深处烙下了痕迹。母亲的悲悯心连同这个故事中的善意，一同在他的心中深深扎根。这善意开出的花儿，一直陪伴他成长，直至他本人也成为一个为他人无私奉献、赠人玫瑰而不计回报的仁心医生。

廖月琴是慈母，而钟世藩却是严父。钟世藩很严肃，不苟言笑，在孩子们面前是威严的。他是位尽职的父亲，忙完了医院的工作，回家还不忘辅导上小学的钟南山做功课。可淘气的钟南山根本不领情，规规矩矩地坐着，对他来说简直像受刑。钟世藩在一旁用心辅导，他却心不在焉地巴望着父亲的辅导赶紧结束。时间稍微一长，父亲还不走，他就坐不住了，借口要去上厕所，一溜烟逃掉。钟世藩明知这是钟南山的金蝉脱壳之计，却也无可奈何。

钟家是看重孩子的礼节教养的。待钟南山稍稍长大懂事后，他想再像从前那般孩子气地只顾自己，在饭桌上将筷子伸向最好的菜肴，钟世藩就不允许了。钟南山记得很清楚，有一回当他第三次在饭桌上伸筷子挑拣菜肴时，钟世藩沉下脸，啪地用自己的筷子打掉钟南山的筷子，低声训斥道："你想一想，别人还吃不吃？"钟南山顿觉惭愧。父亲话很少，有时候吃一顿饭一句话都没有，但父亲的话是很有分量的。父亲训斥的重话如鞭子般抽在钟南山心上，从此之后，钟南山再也不敢伸筷子在饭桌上放肆挑拣了。

钟南山在开明、讲理、温暖、充满爱的家庭

环境中成长，纯真而阳光的个性没有受到压抑，他活泼开朗，充满自信。和小朋友在一起玩时，他也敢说敢做。有一回，他和一群大孩子在一起玩。大孩子做了一把木头枪，大家觉得那把枪有什么地方不对劲，可谁也说不出个所以然来。机敏的钟南山一下子发觉，那木头枪的枪柄太长，如果把枪柄截短点就好了。在那群孩子中间，钟南山的年龄最小，但他还是大着胆子提出自己的建议，并毫不羞怯地和那些大孩子争辩。结果，那些大孩子真的都被他说服了。人小鬼大，钟南山越来越自信，越来越大胆。

做诚实的人

小学三年,钟南山是在贵阳度过的。钟南山很淘气,学校根本关不住他。他不是个乖学生,时常逃课去玩。每学期,学生得交伙食费给学校。家里给的伙食费,钟南山并没有交给学校。他自己留下了,然后上街买东西吃,没在学校吃饭。他当然知道这样做不对,所以也没敢告诉家里的大人。

钟南山上三年级时,母亲廖月琴忽然问起给他的伙食费。母亲记得,给钟南山的伙食费应该有富余,而剩下的钱他并没有交给大人。

"你交伙食费剩下的钱呢?"廖月琴问儿子。

"我不知道。妈妈您可以去学校问老师。"钟南山撒谎了，谎话几乎是不假思索地脱口而出。话一出口，钟南山就后悔了，但是他不知道该怎么办，只有听任事情发展了。

果然，廖月琴没有放过这件事。她满腹狐疑地看了看钟南山，眼前的孩子明显神色不对，有事瞒着，但她又问不出个所以然来。钟南山就是那么一句话，让母亲去问学校。钟南山说了谎，但他现在也只能死扛到底，抵死不承认撒谎。

廖月琴觉得必须把这件事情弄明白，就真的带钟南山去学校了。钟南山脸都吓白了，磨磨蹭蹭地跟着母亲。快走到校门口时，钟南山怎么也不肯进学校见老师。见实在瞒不下去了，钟南山只好向母亲承认，伙食费是自己买东西花掉了。母亲看着钟南山，脸色阴沉，钟南山的心慌张地跳着，后悔得要命。

廖月琴扔下不愿进校门的钟南山，自己单独进了校门，找老师了解情况。回到家里，廖月琴并没有过多责备钟南山，只对他说："你这么做是不诚实的。"

父亲也知道了这件事。钟南山很怕父亲，等

着狠狠挨骂。一向严厉的钟世藩，却只对他说了这么一句话："南山，你自己想一想，像这样的事应该怎么办。"

钟世藩只跟儿子说了这么一句话，钟南山却想了一个晚上，一宿无眠。钟南山知道自己错了。父亲没有打骂惩罚他，但父亲的话却比拿鞭子抽他还让他难受。少年钟南山亲身体验到谎言被揭穿后的羞耻与难堪。每个人都得为自己说的话、做的事负责。谎话和错事结出的苦果，最终得自己承担。父亲的话和这羞耻的记忆，深深地印在他的心里。他知道撒谎的后果了。

钟南山对父亲是十分恭顺、敬畏的。钟世藩话不多，却句句金贵。钟世藩从不隐瞒自己的观点，总是直接、真实地说出自己的看法。钟南山从母亲那里感受到了善良与温柔，从父亲身上，则感受到了严谨、勤奋、诚实、规矩和担当。

岭南一顽童

一九四四年至一九四五年，钟世藩到美国辛辛那提大学医学院进修病毒学。在进修期间，钟世藩发现细菌对一种病毒有保护作用，他首次观察到，因细菌繁殖消耗了氧气，病毒活力反而得到保护。这一发现得到当时在辛辛那提大学的病毒学家赛宾（A.B.Sabin）和美国约翰斯·霍普金斯大学的病毒学家豪威（H.A.Howe）的重视。他撰写的关于这一发现的论文被美国辛辛那提大学儿科研究院院长韦切誉为卓越的论文。除此之外，钟世藩还发现，胎鼠可以作为病毒生长的理想培养基。钟世藩回国后，继续做研究工作。

一九四五年八月六日、九日，美军分别在日本的广岛、长崎投下原子弹。一九四五年八月八日，苏联对日宣战，九日出兵中国东北。一九四五年八月十五日正午，日本天皇通过广播宣布投降。一九四五年九月二日，日本外相在美国军舰"密苏里号"上正式签署投降书。九月九日，侵华日军总司令冈村宁次在南京向中国政府代表呈交投降书。抗日战争及第二次世界大战至此正式结束。

抗战结束后，中央医院按计划从贵阳迁至广州。一九四五年底，时任中央医院副院长的钟世藩带着一家人坐着汽车，随医院东迁至广州。钟世藩一家人坐的汽车，就是中央医院的救护车。医院迁移，救护车当然也得运到新地点。一家人白天坐着医院的救护车在路上颠簸，夜里就住在路边的客栈。客栈简陋，蚊子臭虫很多，他们就和蚊子臭虫同眠，艰辛跋涉八天八夜才到了广州。

虽然经历了抗战年代，但广州和贵阳相比，受战火蹂躏的程度稍轻一点儿，城市风貌尚存。

钟世藩一家在广州安顿下来，住进了岭南大学东南区一栋有着独立院落的三层红砖楼。到广州后，钟世藩任中央医院院长兼儿科主任，同时受聘担任岭南大学医学院儿科教授。岭南大学前身为格致书院，由美国长老会于一八八八年在广州创办。一九二七年七月，经广东政府批准，学校收归中国人自办，并正式改名为岭南大学。岭南大学有附属小学、附属中学。到了广州，钟南山就读于岭南大学附属小学。

在广州，钟南山有电影看了，他最喜欢看武侠片，片中的侠客一身是胆，侠骨仁心，武艺高强，除暴安良，侠者的仗义与勇气就此深植于他的心髓。他的胆子更大了，甚至朝着冒险的方向挺进。钟家的楼前有院子，有草地，楼后就是竹林，竹子长得茂盛，开窗就能看到。钟南山一住进小楼就发现，有一株老竹长到了楼上的窗台边，这老竹又粗又壮，简直就是天然的滑梯。钟南山趁大人不在家，从楼上窗台攀上老竹，再顺着竹子滑下。这事如果被大人知道，肯定会被责骂的，钟南山只敢在大人不在的时候偷偷玩。后来，他又看上了家里外墙的排水管道，他也扒着排水管道往下滑到地面。如此，这老竹，这排水管道，就成了钟南山的秘密滑道，大人不在时，只要他兴致一来，就开始他的少年侠客"壮举"。

他的大胆和好奇心从未收敛。他和一群男孩子早就发现家后边的竹林是绝佳的冒险天地。竹林茂密，他们这群男孩子在里头再怎么闹腾，竹林外的大人们也看不见。钟南山和那一帮男孩子，放心大胆地在竹林里扑腾玩闹，快乐自在。

钟南山的"侠客冒险"继续进行着。他有了"仇家"。十几岁的少年，年轻气盛，一言不合，也就结了"仇怨"。其实那些"仇怨"也都是些鸡毛蒜皮的事，但少年郎们把这些"仇怨"与自己的面子挂上了钩。他们是愿意为面子而战斗的。

十四五岁时，钟南山长大了些，身体也壮实了，他有胆找"仇家"解决"仇怨"了。他约了"仇家"到竹林里"决斗"。他做出了周密的"决斗"计划，可没料到的是，他的同学把他这个计划悄悄告诉了"仇家"的父亲。"仇家"的父亲一听惊呆了，赶紧找到钟世藩，告知他这些孩子准备胡来。

钟世藩把钟南山叫了过来。父亲面色阴沉，如此郑重其事而威严的模样把钟南山镇住了。钟世藩看着钟南山，非常严厉地说，他知道钟南山想打架，而且是要"决斗"。他不允许钟南山第二天出门，说如果钟南山敢出家门，就别认他这个父亲。

父亲真的生气了，而且气得不轻。钟南山从没见过父亲如此严厉，如此生气。"决斗"的事走漏了风声，他非常懊恼。他已经给"仇家"下了战书，而且还告知了身边几个好朋友，可第二天出不了门，也就根本没法应战，这岂不就是临阵脱逃、让人笑话的胆小鬼做派？太丢人了。可再丢人，也比父亲不认自己好点啊。钟南山左思右想，还是没敢违抗父亲的命令。

有几个好朋友来到钟南山家中，他们过来是想在"决斗"中为钟南山助威。钟世藩和廖月琴没让这些孩子见钟南山，只告诉这些孩子，钟南山出去了。

下了战书的"决斗"缺了主角,于是这场荒唐的"决斗"只能不了了之。

这又是一次有惊无险的举动。顽皮而大胆的钟南山,没少让钟世藩和廖月琴操心。

母亲的承诺

到了广州,钟南山读四年级。他太贪玩了,又不会说广东话,语言不通,他留级了。但母亲廖月琴却一直鼓励他,学校的老师也鼓励他。他印象深刻的是有一回他写了篇作文,在这篇作文里,他写了自己对班上一位同学的信任。这位同学家境贫穷,但是有很好的家教。班上同学丢了钱,有人怀疑是这位同学偷的。这位同学很生气,问钟南山相不相信自己没偷钱。钟南山毫不迟疑地选择相信他。这篇文章得到了老师的表扬,老师在作文后边写了很多评语,认为文章很真实,有真情。钟南山看到老师的评语后很高兴,但却没看见老师给作文打分。老师忘记打分了吧？钟南山兴冲冲地去找老师，他必须确认老师对他的认可，他对老师说："您还没有给我评分呢。"他说罢，期盼地看着老师。老师的反应令他放了心。老师向他道歉，说忘记打分了，然后毫不犹豫地在作文后边打上漂亮的五分。钟南山非常高兴，这是他第一次在学业上得到老师的夸奖。他相信自己是可以学好的，他从老师的肯定中汲取了向上的动力。他想再得到老师的认可和表扬，他相信自己能够成为老师眼中的好学生。妈妈也鼓励他，他十一岁时，妈妈对他说，如果他能考上岭南大学附属中学，就奖励他一辆自行车，这话钟南山记得牢牢的。自行车，是像他这么大的男孩梦寐以求的。妈妈的奖励太诱人了。钟南山开始发奋用功，聪明的他一发奋，立竿见影，成绩很快就上去了。

钟南山不仅学习好，而且在体育方面也出类拔萃。从小学六年级，他就开始参加体育竞赛，在赛场上、跑道上，他是常胜将军，总能吸引老师和同学们的目光，大家为他喝彩，而他也越赛越勇，信心倍增。少年钟南山德智体全面发展，到一九四九年广州解放时,他成了班上第一批戴上红领巾的学生。

一九五〇年,钟南山终于如愿以偿,进入了岭南大学附属中学。小时候那个顽皮、逃学,甚至还留过级的男孩,在下定决心发奋努力后,一跃成为班上的佼佼者,顺利踏进名校岭南大学附属中学。这是钟南山人生中第一次为了一个目标而努力拼搏,他成功了。他记得母亲承诺过,如果他考上岭南大学附属中学,要奖励他一辆自行车。但因时局原因,学校当年没有举行小学毕业考试,只根据平时的成绩发了一份成绩单,钟南山排名第二。钟南山不敢向母亲讨要自行车,因为自己并非通过毕业考试考上中学,而且那一年物价飞涨,通货膨胀——钟南山要理发,就得背着一书包的金圆券去才够。家里的生活一下子困难起来,买一辆自行车,的确是件让母亲非常为难的事。但是,廖月琴还是说到做到,真的买了辆自行车给钟南山。

钟南山在自己的日记中记录了这件事,并写道:妈妈实现了她的诺言,给我买了一辆自行车，我是多么高兴啊。

这件事对钟南山的触动很大，从那时候起，他就记住，只要是答应别人的事，就一定要做到。后来，他对自己的学生、对自己的孩子、对所有人，都如此行事。只要是答应过的事，就一定要做到。

钟南山骑着自己通过努力得到的自行车，高兴坏了。他考上岭南大学附属中学了，他以成为岭南大学附属中学的学生为傲，他以自己为傲。他知道，父母也以他为傲。获得别人的认可和尊敬，是多么令人自豪的事情！他想起了当他向别人提及父母时，别人肃然起敬的目光。他想起了当父亲治好病人后，病人眼中的感激与尊重。

长大后，他也要像父母一样，成为让人尊重的人。那么，踏进中学后，他要继续努力。

父亲的选择

抗日战争结束后,中国共产党和社会进步力量争取和平民主的努力失败,国共内战爆发。一九四八年,中国人民解放军发起战略决战,历经辽沈战役、淮海战役、平津战役等三大战役后,国民党军队的主力基本被消灭。一九四九年四月,中国人民解放军百万雄师兵分三路,横渡长江,占领南京,结束了国民党在大陆的统治。

一九四九年十月,广州解放前夕,钟世藩家中来了两位神秘的客人。此时,广州城内已经隐约能听见隆隆的炮火声了。神秘的客人频繁出入钟家,而每次钟世藩都与客人关起门密谈,客人离开后,钟世藩都眉头紧锁,脸色沉沉。

"神秘的客人"是国民党"中央卫生署"的专员，他们到钟家来，目的只有一个，就是劝说钟世藩离开大陆，去台湾。钟世藩不仅仅是一位有名望的医生，他还保管着广州中央医院十三万美元的资产。这是一笔巨款，国民党政府迫切想要得到。但是，钟世藩拒绝离开大陆，他对国民党专员说："是中国人就得待在这里，而不是离开。"

钟世藩选择留下。广州解放后，他将自己保管的广州中央医院留下的十三万美元，全部上交。历经战乱和坎坷，钟世藩手中保管的这笔款项，分文不差。

医学的启蒙

广州解放后,留下来的钟世藩继续他的临床和学术研究工作。钟世藩在美国进修时,发现胎鼠可以作为病毒生长的理想培养基。从美国回国后,他选择的研究方向是乙型脑炎病毒的培养和分离。学校的经费有限,钟世藩就用自己的工资买实验用的小白鼠,在自己家的书房中做实验。

小白鼠的味儿很大,整栋楼房都弥漫着这股味儿。这味儿甚至都成为钟家的标志了。人们常说"按图索骥",如今要找到钟家,居然"按味儿索楼"也能成。

钟南山对父亲养的小白鼠非常好奇。一放学,他就跑到父亲的书房去看小白鼠。他逗小白鼠玩，也喂它们吃东西。他学着父亲的样子，观察小白鼠的各种变化。父亲做实验，他就在一旁好奇地看着。他看着父亲将小白鼠的大脑取出，将脑细胞分离出来，进行检测。父亲做实验时，在一旁的钟南山像变了个人，原本好动的他安安静静的，不敢打扰父亲，仔细地看着父亲的每一个动作。

为什么会这样？为什么会那样？小白鼠实验，让钟南山的脑子里冒出许许多多的问题。他向父亲请教，钟世藩闲下来时，就耐心地、认认真真地一一解答。钟世藩见儿子对小白鼠这么感兴趣，索性让儿子帮忙饲养小白鼠。钟南山当然乐于接受这个任务。从此，钟南山就成了父亲的小助手，当起了实验室的小白鼠饲养员。他不再只想着逗小白鼠玩了，现在他有任务了，他得完成"饲养员"的工作，必须尽职尽责，每日定时定量喂养小白鼠。钟南山做得很好，钟世藩很满意。钟南山从饲养小白鼠一事中获得了近距离观察小白鼠的机会，不知不觉地熟悉了小白鼠的习性、生理与机能，这对于学医者是很有帮助的。

医学的启蒙 33

不仅如此，作为一个实验小助手，一个小白鼠饲养员，钟南山与工作中的父亲近距离相处，潜移默化地学习了父亲严谨的治学态度，培养了耐心、观察力和责任心。同时，他还学到了一些基本的医学知识。而他的所学所获，正是一位医生必备的素养。父亲有意无意地用小白鼠对他进行了医学启蒙。

一九四九年，钟世藩被世界卫生组织（WHO）聘为医学顾问。二十世纪五十年代，钟世藩创办了中山医学院儿科病毒实验室，利用实验室从事病毒研究。父亲钟世藩是名医，母亲廖月琴也是位优秀的医生。廖月琴从北京协和医学院毕业后，曾由当时的国民政府卫生署派到美国波士顿学习高级护理。中华人民共和国成立后，她担任华南肿瘤医院的副院长，是中山医学院肿瘤医院的创始人之一。父母都是医德高尚的医生，钟南山从父母身上，看到了为医者的博爱、敬业与责任心。

时常有人找父亲，他们在书房里交谈，有时候声音很大。钟南山以为父亲和来客在争吵，但母亲告诉他，他们并非争吵，而是在讨论问题。研究者拥有各自的观点，各抒己见，是很正常的事情。通过讨论，去伪存真，才能得到真知灼见。钟世藩治学严谨，实事求是。他说，做任何事、说任何话，都得讲依据。父亲是这么说，也是这么做的。治学实事求是，做人也要诚实。钟世藩从小就教育钟南山："要把你自己内心最真实的感受说出来。"父亲的教诲，钟南山铭记在心。

在家里，钟世藩也很少闲下来，他在书房里废寝忘食地继续做实验、读书、做研究。这时候，唯一能打扰他的，就是病人。有时候钟世藩正在看书，外面有病人求医，情况紧急，被打扰的钟世藩也只是皱皱眉，毫无怨言地出诊，风雨无阻。为医者很辛苦，责任重大，但是，能用自己的智慧、自己的医术去救助病人，为病人解除病痛，甚至挽救他们的生命，是一件多么崇高而伟大的事！被父母治愈的病人，眼中流露出的感激与由衷的爱戴，让钟南山感受到，当医生能给别人解决问题，会得到社会的尊重，有很强的满足感，这令他对医生产生了亲近感，并由衷地热爱医生这个职业。

人生的选择

钟南山踏入岭南大学附属中学，成为一名中学生。初中三年，他的学习成绩在班里始终名列前茅。他曾打算在初二时直接跳级到高一，但是老师反对，到家里劝说。老师对钟世藩说，钟南山年纪太小，跳级不一定对他有好处。父亲接受了老师的建议，钟南山还是按部就班地上学。

岭南大学附属中学有一位从北方来的语文老师，这位老师曾说，人不应该单纯生活在现实中，还应该生活在理想中。人如果没有理想，会将很小的事情看得很大，耿耿于怀；人如果有理想，即使遇到不愉快的事情，那些不愉快的事情与自己的抱负相比也会变得很小。少年钟南山被老师的话深深打动了。老师的话语，如一双有力的臂膀，将他高高托起，让他看到远方和未来，看到自己的梦想与信心。这句话印在少年钟南山的心中，并一直陪伴他长大。许多年之后，七十五岁的钟南山回首年少时，仍然记得老师的这句话。而他一生的经历，也正验证了这句话的宝贵。他承认，自己的人生中遇到过许许多多的困境，倘若他心中没有追求和理想，是无法走出这些困境的。

初三毕业时，由于成绩优秀，钟南山直接升入岭南大学附属中学的高中部。而此时，因高校院系合并，岭南大学附属中学在一九五二年更名为华南师范学院附属中学[①]。

钟南山直升上了高中，父母都很高兴。廖月琴又奖励了钟南山。她让儿子坐火车去了趟北京。这是钟南山第一次去北京，同行的有他最要好的同学。

能踏进华南师范学院附属中学的学生，是全

---

① 现名为华南师范大学附属中学。

市中学生中的佼佼者。初中三年一直是班上第一名的钟南山，忽然发现自己失去了稳坐第一的优势。强中更有强中手，钟南山在高一时，成绩在班上并不突出。此时，他不服输的天性又被激发出来了。他坚信自己能赶上，成为班上的优等生。正如他在跑道上，总是拼尽全力往前跑，超越一个又一个选手，并一次又一次超越自己。高二时，钟南山的学习成绩如愿赶上，成为班级的优等生。

钟南山的身影，时常出现在学校的运动场上。他很有运动天赋，特别是在田径项目上，400米跑是他的强项。一九五四年，钟南山在华南师范学院附属中学举办的运动会上，取得了短跑比赛第四名的成绩。在课外时间，他参加了广东省田径队的训练，在赛道上越跑越快，进步很大。一九五五年，高三学生钟南山参加了广东省田径比赛，获得了400米比赛的亚军，并打破了广东省纪录。他越战越勇，随后又代表广东省到上海参加全国田径运动会，在男子400米项目中，获得了第三名的骄人成绩。

钟南山出色的田径竞赛成绩，引起了中央体育学院[①]的关注。中央体育学院来信，希望他能到国家队去训练。中央体育学院的来信摆在钟南山与父母面前，钟南山面临选择，要么选择专业的体育竞技之路，成为国家专业运动员，要么选择回归普通高中生升学之路，冲刺高考。时不我待，钟南山在体育竞赛中耗费了大量的时间与精力。此时已临近六月，他马上面临高中毕业考试和之后更为关键的高考，钟南山必须立刻做出选择。

钟世藩建议儿子还是放弃当专业运动员，而选择学业。钟世藩认为，运动员的运动生涯有限，体育竞技不能成为一个人从事一生的工作；但是，如果钟南山选择医学专业，当个医生，则可以一辈子研究医学，一辈子治病救人，这是个可以从事一生的工作。钟世藩认为自己的儿子，更适合当个医生。钟南山听从了父亲的建议，选择报考医学专业。

[①] 今北京体育大学。

钟世藩原本希望钟南山就近报考华南医学院，但是钟南山一心只想报考北京的大学。在年轻学子的心中，首都北京有着不可言说的吸引力，他们都认为，北京拥有全国最好的大学，他们都向往去首都北京读书。钟南山在十八岁时，为自己的人生做出了第一个关键的选择——报考北京医学院[①]。北京医学院是名校，是每个学医者梦寐以求的高等学府。钟南山破釜沉舟，在最后的复习期间，没日没夜地全力冲刺。一九五五年，钟南山如愿考上了北京医学院医疗系。当年广东省考上北京医学院的仅有五位学生，他是其中一位。

钟南山有位考上北京大学物理系的同学家里很困难，连筹路费都成难题。同学很发愁，找到钟南山，问能不能借点钱，因为他连坐火车的钱都没有。钟南山回家把这事告诉了母亲，母亲听了，没有立刻应承下来。廖月琴一向是个热心善良的人，有人求助，她能帮一定会帮，更何况这个孩子是为了求学而来求助。廖月琴对钟南山

---

① 1985年更名为北京医科大学，2000年北京医科大学与北京大学合并，更名为北京大学医学部。

说，家里现在也不宽裕，也得筹钱让钟南山远行上学。母亲说的是实情，钟南山懂事地不再提此事了。但过了几天，廖月琴还是给了钟南山十元钱，让他拿给那个有困难的同学。在当年十元钱可不是一个小数目，十元钱足够支撑一个人一个月的日常花销了。母亲廖月琴就是如此宽容、善良。几十年后，钟南山回忆母亲时，说道："妈妈去世时才五十六岁，她走得太早了。但妈妈生前哪怕是一点一滴的事情，我都不会忘记。如果说在治学严谨上，我是受父亲的影响，那么我对人的同情心是从妈妈那里学来的，我到现在还记得妈妈是怎样对待其他有困难的人的。她用自己的言行告诉我们，人与人之间的真、善、美往往就在于对别人无私的奉献。"

破全国纪录

　　北京医学院汇集了从全国各地来的尖子生，钟南山所在的班上有二百三十名学生。钟南山又遇到了当年刚踏进高中时的状况。强中更有强中手，他不再是班上最优秀的学生了。优秀的大学生，不仅仅体现在学习成绩优秀上，还体现在积极参与大学校园里的各种社团活动，以及组织、协调、沟通等各方面的能力上。钟南山注意到班干部们在重大活动中的表现，看到了优秀者所展现的风采，但也并不妄自菲薄。他向优秀者学习，同时更加自律自强，努力赶超。赛道上的钟南山，从来都是遇强则强，奋力冲刺；而课堂上的钟南山，也同样不允许自己松懈。他长时间地泡在图书馆里，查资料、学习；在临床学习中，他还是老师的好助手，紧紧跟随在老师左右，废寝忘食。教临床血液学的谢老师，是他特别敬佩的老师。谢老师是一位对工作极其负责的医生。谢老师说，要把病人当作自己的亲人看待，要做到尽职尽责、问心无愧，在平凡的工作中实现自己真正的价值。谢老师如此说，也如此做，抢救病人，陪伴病人，尽心尽力。从谢老师的身上，钟南山仿佛又看到了熟悉的父亲的影子。钟南山跟随在谢老师左右，孜孜不倦地从老师那里学习临床技术，中午错过了饭点，就跑到校外的合作社买点心充饥。谢老师的言传身教，与之前那熟悉的身影一同深深印入他的心中。

到了一九五六年，钟南山再次站在了学院优秀学生的行列中。在北京医学院，钟南山不仅学习优秀，而且能歌善舞，多才多艺，在各项文体活动中都非常活跃、出类拔萃。他在体育竞技方面的特长尤为突出，是高校运动场上耀眼的明星。

一九五六年，钟南山在大学一年级下学期时，作为北京高校"三好学生",受到周恩来总理接见。周总理接见的人数有限,钟南山所在的年级有近六百名学生,作为"三好学生"被接见的只有两三人。钟南山最终能脱颖而出,和他的运动特长不无关系。他不仅品学兼优,而且是位运动健将,曾在高校运动会上获得过冠军,这一点,无人可望其项背。

钟南山的运动特长在大学期间,继续绽放出光彩。一九五八年,大学三年级学生钟南山,被选拔参加北京市体育集训队集训,备战中华人民共和国第一届运动会。这是多少专业运动员梦寐以求的竞技机会,而非专业运动员选手钟南山,居然将与全国顶级运动高手同台竞技,一决胜负。这是人生难得的一次挑战,钟南山青春的热血沸腾了,激情熊熊燃起。

还未离校集训的时候,钟南山便开始了严格自律的训练。每天下午五点半放学后,钟南山就出现在学校的操场上。一次次地奔跑,一次次地冲刺,他在与时间赛跑,与自己竞赛。直至太阳西下,暮色笼罩校园,前方的跑道陷入昏暗之中,他才停止训练,饥渴疲倦地往校门外的合作社走去。这个时候,学校的食堂早就没有饭了,他只能到校外合作社买点东西吃。

钟南山进入集训队集训后,训练更加艰苦了。三百多个日夜,钟南山日复一日地进行着高强度的训练,用坚强的意志坚持了下来。正式比赛的日子临近了,选拔赛开始,所有的艰辛与汗水,最后在那短短的400米栏跑道上,转瞬定局。成败只在那么几秒钟,这是极其残酷的瞬间,但又极其公正。出乎意料的是,一直不懈努力的钟南山在选拔赛上状态不佳,居然落选了。钟南山陷入巨大的失落之中,几宿难眠。难道自己真的失败了吗?那三百多天的艰辛与汗水,就白白耗费了吗?不!绝不放弃!离正式比赛还有两个月的时间,就两个月。但是,只要还有时间,他就还有机会!他要继续往前奔跑、奔跑、奔跑!

百折不挠的钟南山从短暂的困惑与沮丧中振作起来,再次出现在跑道上。他的智慧与理性,在关键时刻发挥出了重要的作用。他认真思考总结之前训练的得失,调整了训练节奏与计划。

一九五九年九月，他在中华人民共和国第一届运动会上以54.4秒的成绩打破全国纪录。一九六一年，他在运动场上再次焕发光彩，获得男子十项全能亚军。

钟南山的体育运动经历，是他青年时期重要的华丽篇章。多年以后，他回想这段经历，说道："我为什么到现在还喜欢体育运动呢？因为它能培养人的三种精神：第一是竞争精神，一定要力争上游；第二是团队精神；第三是如何在单位时间里高效地完成任务。就像跑400米栏，练了一年，成绩才提高三秒，每一秒都那么宝贵。把体育的这种竞技精神拿到工作、学习上，是极为宝贵的。"

运动会之后，北京市人民委员会体育协会邀请他加盟北京田径队。命运给了他成为专业运动员的第二次机会。他再次拒绝了。一九六〇年，他重返校园，毕业后，钟南山留校做辅导员，这是当时最优秀的学生才能享受到的工作分配。他会吹黑管，参加了学校文艺宣传队。除此之外，他还做过校报编辑，而后又开始从事放射医学教

48　中华先锋人物故事汇　钟南山

学，研究原子弹爆炸时射线对人体的危害。他一直都服从分配，从来都是标兵、先进分子。

成为一名好医生，这是父母的期望，也是钟南山的心愿。他要成为像父母一样的人，成为救死扶伤、帮助别人的人，他想用一辈子的时间，不断攀登高峰，不断进步。钟南山曾对一位记者说："我是在医院里长大的，我知道医生的喜怒哀乐。他们喜欢通过自己的努力使病人得以恢复或病情好转。他们不喜欢的是，哪怕经过自己的努力，病人的病情还是没有改善。而他们最忌讳的是，由于自己做错了，导致病人死亡。"

他记得父亲曾对他说的话："一个人要给世界留下点什么东西，才算没有白活。"生命短暂，许多人在这短暂的过客生涯中碌碌无为，悄无声息地来，悄无声息地走。但还有那么一些人，用自己的智慧与热血，为这世间留下了一抹抹亮色，让这世间变得更美好。父亲愿意成为这样的人，而这，也是他的志向。

甜蜜与等待

钟南山在北京的姨婆家认识了一位好姑娘。这位姑娘叫李少芬,她的姑婆是钟南山姨婆的好友,两位老人住在一处。李少芬去看望姑婆,正好遇到了去探望姨婆的钟南山。李少芬身材挺拔,秀美之中带着飒爽英气。当钟南山得知李少芬在中国女篮服役,是一名优秀的篮球运动员时,不由得对眼前的姑娘心生好感与敬意。他深知成为国家顶级运动员的艰辛。要成为国家顶级运动员,必须拥有超出常人的禀赋与意志。

钟南山备战全运会期间,为了加强训练,他申请到条件更好的国家队训练基地训练。此时,李少芬也在训练基地。两人经常碰面,一起训练，彼此鼓劲，彼此为伴。

渐渐地，他们相恋了，但是两人聚少离多。李少芬是中国女篮的主力队员，时常得参加集训并出国比赛。李少芬是如何走上专业篮球运动员之路的，得回溯到她在广州真光女中读书时参加校篮球队的经历。当年在广州，真光女中的篮球队全市闻名。一九五一年，广东女子篮球队参加了在武汉举行的中南区篮排球选拔大赛。十五岁的李少芬是篮球队中年龄最小的队员，她的出色表现引起了国家队教练的注意。而后，她便被吸纳到了国家队。一九五二年，年仅十六岁的李少芬，成为中国女篮的首批运动员，随后便和其他中国女篮队员一道远赴苏联学习。一九五三年，李少芬和队友们参加了在罗马尼亚举行的世界青年友谊运动会。这是中国女篮在国际大赛上的第一次亮相，但是成绩不佳。李少芬和队友们并不气馁，她们一边在苏联学习，一边连续参加了几届世界大学生运动会和世界青年友谊运动会。她们越打越好，越战越勇。一九五八年，中国女篮在法国巴黎的比赛中表现不错，竞技水平提升明显。一九五九年，中国女篮与当时的东欧冠军队保加利亚队比赛时，已打成平手。到了一九六〇年中国女篮访问苏联时，中国女篮与苏联女篮的竞技水平已经接近。

中国女篮姑娘的拼搏精神振奋人心，二十世纪五十年代末，以她们为原型拍摄的影片《女篮5号》，风靡全国。一九六三年，中国女篮参加了在印度尼西亚雅加达举行的首届新兴力量运动会。在此次盛会的开幕式上，李少芬作为优秀运动员代表，担任了中国代表团护旗手。中国女篮不负众望，在这次运动会中捧回冠军奖杯，在国际女篮竞技舞台上崭露头角。

钟南山知道，心上人李少芬不是个普通的姑娘，她不仅仅属于他一个人，她还属于中国女篮，属于中国。在她处于运动生涯的巅峰期时，她必须为国效力，为国争光。钟南山一直在甜蜜地等待着，等待着心爱的姑娘赢得一个又一个骄人的成绩，等待着心爱的姑娘载誉归来。一九六三年十二月三十一日，在这一年的最后一天，钟南山和李少芬在北京举行了简朴的婚礼。钟南山终于迎娶了自己心爱的姑娘,从这一天起,他们携手相伴,共同承担生命中的欢欣与坎坷。

婚后第二年,李少芬即和队友一起征战,中国女篮在瑞士和法国举行的邀请赛中所向披靡,一次次斩获金牌。

医者的志向

当钟南山作为一名医学生,立志行医助人时,他没有想到,在行医助人之路上,他将遇到重重困难,历经坎坷。

一九六四年底,钟南山从北京医学院下放到山东乳山。钟南山在乳山待了一年多。乳山的农民生活非常艰苦,一年只能吃上两次白面,过大年时杀猪才能吃上肉。但是农民对从北京来的钟南山非常好,总把自己家里最好的东西拿出来给他。这就是中国乡村的农民,虽然生活艰苦,却依旧善良、质朴,钟南山很受感动。钟南山住在农民家,得睡冷炕。北方的冬天寒冷彻骨,冰冷的炕上,躺下太冷了,他只能跪着,蜷着身子,把所有能保暖的东西都盖上,熬过漫漫寒夜。

而此时,妻子李少芬念及养母与公婆无人照顾,放弃留在国家队当教练的机会,离开北京回到了广州,从此两人各自辛劳,一年最多见上一面。钟南山像个真正的农民一样,在严寒的日子里啃地瓜干果腹,在田里干着重活。一年的口粮到了来年的春天就全吃光了,钟南山只能往锅里放些槐树叶充饥。生活艰苦,但是钟南山始终认为自己必须接受劳动锻炼,这是自己应该承受的。

炕上的臭虫虱子多,脚踝被虱子咬,他抓破了皮,伤口感染化脓,肿了个大包,穿棉鞋都费劲。钟南山咬着牙,一瘸一拐地坚持出工。钟南山的表现农民都看在眼里。一九六六年三月,钟南山由于表现突出,获得农民的一致好评,如愿加入了中国共产党。

一九六六年,钟南山从乳山回到北京不久,"文化大革命"开始了。远在广州的父亲钟世藩和母亲廖月琴也受到严重冲击,钟世藩被下放,廖月琴在"文化大革命"中去世。噩耗传来,钟南山悲痛欲绝，拼命干活以忘掉痛苦，争取组织上的信任。

一九六八年，钟南山成为学校的锅炉工。在这个艰苦的岗位上，他迸发出更大的热情，几乎是以拼命的状态，超负荷地劳动。锅炉工的主要工作就是往炉膛送煤，用斗大的铁铲，一铲挖起几十斤重的煤炭，然后铲着煤走十几米，甩进烈火熊熊的炉膛。锅炉房的高温使人的体能消耗很大。最艰辛的劳动是清理炉膛。那炉膛每天得清理一次，清理时，热浪翻起烟尘，令人几欲昏厥。这份工作，考验着钟南山的体能极限。很快，他真的遭遇了极限挑战。钟南山积极响应献血号召，献出了400毫升鲜血。早上才刚献血，晚上他就按时去锅炉房干活。没有任何营养补充，甚至没有休息。高温下，他很快就体力不支，摔倒在炉门前。热浪灼烤着他，他昏死过去。一位来锅炉房打热水的校工和一群教授、医生救了钟南山。

同年，儿子钟惟德在广州出生。李少芬一个人在广州，既要照顾老人，又要照顾孩子。钟南山烧了半年的锅炉后,在一九六九年随下乡的医疗队到了河北的宽城。此时,妻子也被安排到广东三水农村下乡。有一次,钟南山所在的医疗队巡视到一个村子,一名村民肚子疼得厉害,但是钟南山自毕业后,工作均与医疗无关,临床经验不足,不敢贸然诊断。为了救人,他骑上破旧的自行车,摸黑走山路进城请医疗队的王海燕医生。山路崎岖,钟南山来回六个小时,载回了王医生。他们凌晨两点多赶到患者家,可还是晚了一步,眼睁睁看着病人死去了。钟南山心痛不已,懊恼自己无能,没办法救治病人。

一九七一年,北京医学院开始召回表现好的下派教职工从事教学和科研。钟南山一直积极上进,表现优秀,但是他的上调申请还是因为"出身问题"被拒绝了。这对钟南山是极大的打击。成为治病救人的医者的志向犹在心中,每每想起,芒刺在背。什么时候,他才能重拾昔日的梦想,重新专注于自己热爱的医学专业?没有人能回答他。

你今年几岁

一九七〇年，三十四岁的李少芬从乡下被调回广州，加入了广东省女子篮球队，重披战袍。她在一次比赛中负伤，爱惜人才的广东省军区领导在来家探望她时得知，她上有老下有小，夫妻常年两地分居，家庭负担很重，领导过问后，立刻予以解决。一九七一年，部队的一纸调函将钟南山从北京调回广州，钟南山成为广州第四人民医院的一名医生。而此时，钟南山快三十五岁了。从一九六〇年到一九七一年，整整十一年，他都没有从事医疗工作，虽然如此，他却从未忘记自己的志向。

钟南山终于回到了父亲、妻子和儿子的身边。

父亲钟世藩已是古稀老人了,他早已退休,脱下了白大褂,放下了听诊器。但钟世藩倔强地坚持着,无论如何也不让自己停下来,他要把自己从医四十年的经验用文字留给后来者。"人总得留下点什么",这是钟世藩的信念。他认为,用自己的生命为这个世界添上一抹亮色,是人之为人的骄傲和价值。每天一大早,钟世藩就去图书馆。偌大的图书馆没有几个人,只有他每天都来,坐在那儿,用放大镜静静地阅读,一页页地查找资料。他的眼睛不好,写东西时要遮盖着一只眼睛写,这样另一只眼睛就能得到休息。后来他的视力更不好了,几乎得将脸贴着书桌吃力地写,写一会儿就头晕了。钟南山很心疼,劝父亲注意身体,可钟世藩根本听不进去。钟世藩在一九七五年开始写作,花了三年时间,在一九七八年完成了四十万字的《儿科疾病鉴别诊断》,他用自己的行动,阐释了自己的信念。父亲钟世藩说的这句话——"一个人要在世界上留下点什么东西,才不算白活",牢牢刻在钟南山心里。

"说话一定要有证据。"——这是父亲留在钟南山心中的另一句话。钟南山下乡时,在农村看见一个孩子尿血。钟南山想当然地判断孩子得了肾结核,回家后向父亲说起这事,并谈及自己所了解的治疗肾结核的办法。谁知道父亲一听,立刻皱着眉反问道:"你怎么知道是肾结核呢?说话一定要有证据。"钟南山一下子愣了。父亲告诉他,尿血的原因有很多种,并不一定就是肾结核。判断病症一定要多多观察,找到确凿的证据,慎重下结论。同样,看一件事情,或者做一项研究,要有事实根据,不要轻易下结论,要相信自己的观察。父亲的治学和做人态度,言传身教,深深影响了钟南山。钟南山敬畏父亲,父亲很少表扬他,总是直言不讳地指出他的问题。他在父亲面前永远是个学生。

钟世藩的话向来简洁,却极有力量。钟南山回广州时,快三十五岁了。一天,钟世藩忽然问钟南山:"南山,你今年几岁了?"

钟南山不知父亲为何问这句话,不假思索地答道:"三十五岁。"

"三十五岁了,真可怕……"钟世藩说完这话,就没有再说什么,若有所思,若有所失。

从父亲的静默中,敏感的钟南山一下子揣摩出父亲心里所想的。他如被重拳一击,整个人一震。钟世藩三十五岁时,已经是一名优秀的医生。即使不和当年的父亲相比,而与钟南山同一年龄段的医生相比,钟南山与他们的差距也颇大。三十五岁,钟南山已经三十五岁了!从一九六〇年毕业到现在,十一年过去了,钟南山才刚刚踏上为医者的道路。

"三十五岁了,真可怕……"父亲的这句话深深刺激了钟南山。四十多年后钟南山回忆,一生中对自己影响最大、让他印象最深刻的一句话,就是父亲当年说的这句话。这话重新唤醒了钟南山对医学事业的强烈追求。一切得从零开始。犹如当年站在跑道上,他在原地踏步之时,对手已往前快步冲去,遥遥领先。从现在开始,他得迎头追赶。追!必须追上去!

他立志要把失去的时间追回来。

受挫与发奋

钟南山希望自己能成为一名外科医生,特别想成为一名胸外科医生。胸外科医生,需要精湛的医术、充沛的精力和超人的判断力与胆识,对钟南山而言,这无疑是最值得挑战的岗位。但是,领导拒绝了他,理由是他年龄大了。当然,年龄大只是表面上的原因,更深层次的顾虑是,钟南山并无临床经验,任何医疗岗位都难以直接上手。他差点被安排到医务科当干事,后来总算被安排到了医院门诊室,从最基本的内科门诊医生做起。

钟南山在第一次和同事们见面的早会上,坦诚地自我介绍道:"我过去在基础部门工作,对临床接触少，一下子来到门诊第一线，如果碰上难题，请各位不吝赐教。"

新人亮相，钟南山自报不足的坦诚给同事们留下了深刻印象。而钟南山所说的话，最后也都落实到了行动上。

钟南山开始了他在门诊的工作。当门诊医生一段时间后，钟南山发现内科门诊医生所接触的病患种类有限，便坐不住了，主动要求去更为辛苦、疾患情况更为复杂的急诊室工作。

急诊室所要面对的难题比门诊复杂多了，钟南山工作很努力，但是做得很吃力。他的临床基础太薄弱了。大学期间，为了备战运动会，他只学了三年半，缺席了重要的临床学习。参加工作之后，他也没有当过临床医生。但钟南山不怕，他相信自己能迎头赶上。

当急诊医生后不久，他就遇到了挫折。急诊室接到广州萝岗的来电，声称当地有个重症咳血的肺结核病人，要立即送来广州会诊。钟南山主动请缨去接病人。病人在路上"咳"血了，血色较暗，似乎与肺结核病人咳出的血不太一样，但钟南山没有在意。既然萝岗的医生说过，病人是咳血的结核病人，钟南山便丝毫没有怀疑从病人嘴里冒出的血，不是由肺结核病咳血而流出来的。病人出血，只能说明结核病之重。钟南山给病人补液并注射了止血药，觉得病人既然是结核病重症，就该送到结核病专科医院医治。于是他赶紧将病人送到了广州市越秀区结核病防治所。安置好了病人，钟南山很满意，急诊室主任也很满意。

可第二天一早，事情的发展出乎意料。急诊室主任着急地让他赶紧将那位病人从结核病防治所接回来。病人在结核病防治所大吐血，命悬一线。病人呕出的血是鲜红色的，而不像肺结核病人咳出的黑红色血，显然是消化道出血而非结核病咳血。病人接回来后，幸亏同事们抢救及时，才将病人从死亡线上拉了回来。钟南山悬着的一颗心才算放下。

同事们的窃窃私语令他难堪，但更令钟南山不好受的来自自身。他愧疚万分。当年他在乡下，轻易地将那位尿血的男孩诊断为肾结核，遭到父亲质疑的事，又浮上心头。当年他只是信口说说而已，并没有造成实际的伤亡事件，而如今，他因为不谨慎，差点出了人命。他想起了父亲的教诲，无论是看病还是做研究，要仔细观察，慎重下结论，不能人云亦云。

他差点又被换回门诊去工作，但他认为这是自己该受的。他看到了自己的不足，为医者若不谨慎、医术不精，代价就是病人的性命！他深深自责。他必须精进，那有着一道道跨栏的跑道，仿佛又出现在他面前。那一道道难关，他必须跨过去，向前，向前！时不我待，他已蹉跎十载，必须加快脚步，快步跑！

钟南山是不会认输的。从小到大，在一次次的挫折打击之后，他都顽强地站起来，越挫越勇。成为强者和优秀者，是他的目标，他从未放弃。他勤学好问，跟着同事学看病，看同行医生如何检查病人、如何给病人诊断、如何制定治疗方案、如何分析病人的治疗结果……晚上回家，他将白天所见的每一个病例详细地记录下来，用心学习，用心钻研业务。他常常在夜间独自到心电图室，锁上门，拉上帘子，拿起心电图，慢慢地看，慢慢地研究。他把所有能用上的时间都花在了X光室、心电图室、图书馆，独自啃读医学著作，研究实验仪器和实验操作步骤，记下医学专业术语，自学专业英语。钟南山又拿出当年奋战全运会的劲头，拼了命地学习钻研。

半年之后，钟南山记录了四大本的医疗笔记，也慢慢摸清了门诊诊断的规律，处理门诊的病患胸有成竹、游刃有余。八个月之后，他的专业能力突飞猛进，同事们也都认为，他的水平已经相当于主治医生的水平了。钟南山慢慢与同事在专业水平上缩小了差距。

八个月豁了命地苦学，钟南山瘦了二十斤，瘦得脱了形。原本粗壮的运动员体格瘦成了衣服架子，原本紧绷在身上的白大褂如今显得松垮宽大。原本额宽腮满、轮廓分明的脸庞瘦垮了，显得颧高目凹。原本笑容可掬的神情不再，他变得沉默而严肃，目光深邃悠远，似乎总在思考，思绪飘在别人无法捉摸的远方。外人打听他是否病了，只有他自己明白，苦心劳体是为了什么。他

受挫与发奋

累坏了身体，却重拾了自信，遇到病人，他再也不会心虚了。他的自信是建立在对自己的专业领域的了解之上的。他仿佛又回到当年，自己第一次写作文，被老师打了五分，第一次尝到了被老师赞许、做好学生的滋味；他仿佛又回到当年，自己从一个留级生成为优等生，考上了岭南大学附属中学，骑上母亲奖励的自行车，风一般地穿行在路上，喜悦满溢。从小到大，他的努力从来不会白费。他确信自己会成为一名好医生的。

钟南山再次向领导提出要求，希望能进病房，进病房能学更多的东西。但是，如果他进病房，另一位内科病房的医生就得调整出来。虽然未能如愿，但钟南山相信自己，正如他从前遇到挫折时，从不放弃信心与希望一般。

辉煌第一步

机会就这么来临了。虽然机会来临时,并不是总带着冠冕与荣光。它悄然来临,甚至以不受人欢迎的面目伪装自己。

医院接到了中央号召全国医疗系统开展慢性支气管炎的群防群治工作的指示,决定成立一个防治小组,但是却不知道该派谁接活。大家都知道,慢性支气管炎治疗是全国普遍性的难题,研究慢性支气管炎,吃力却不讨好,难出成果,而且,天天面对呼吸病患者,染病的风险也高。领导想到了钟南山,原以为要经过一番劝说他才会接受任务,没料到钟南山并没有推托,应承下来,加入了慢性支气管炎防治小组。

钟南山接下别人不愿接受的研究慢性支气管炎的任务，完全出于医生的责任感和党性。他就是这样一个人，明知道当时没有人愿意研究慢性支气管炎，治疗方法也不多，但他到任何地方都不会消极，他会试图找到方向，找到自己的希望所在。他没有料到，他出于本心本性的行为，竟悄然为自己打开了通往辉煌之路的大门。

钟南山加入防治小组数月后，推荐了曾在门诊共事过的医生加入，慢性支气管炎防治小组从此同心同德，一同奋斗。

给阿基米德一个支点，他就有撬动整个地球的信心。钟南山同样如此，交给他一个合适的平台，他便主动想办法推进工作，将任务无限趋近完美地完成。钟南山是有大气魄的人，在小组的发展格局上，他的视野不仅仅局限于当下的研究，他还前瞻性地为小组的发展构思了扩大组织、强化实力的三个"一条龙"计划：慢性支气管炎、肺气肿、肺心病研究一条龙，动物实验研究与临床研究一条龙，实验室、病房、门诊和一个市郊定点的慢性支气管炎医疗基地一条龙。在当时人力、物力匮乏，环境不利的条件下，要推进这些计划，简直难以想象。但是，钟南山一旦认准目标，就执着向前，无所畏惧，坚韧不拔。他良好的组织、沟通能力，在推进防治小组工作中，起到了关键的作用。钟南山全心投入，极力争取，向上级痛陈利害，为慢性支气管炎防治小组争取到了独立的门诊和病房。没有现成的研究设备，他自力更生，要么将废旧的设备重修利用，要么就改造改装现有的设备。这些工作都是建立呼吸实验室的基础。慢性支气管炎防治小组能够开展临床研究了，虽然没有新兴尖端精密仪器设备，但是小组还是自力更生，独创性地利用现有的设备，推进研究工作。而此时，钟南山较为深厚的医学基础知识优势也发挥了重要作用。

在专业研究领域上，钟南山由研究慢性支气管炎，渐渐介入治疗呼吸系统疾病的领域。钟南山敏锐的观察力与过人的思考判断力立刻凸显出来。他善于发现别人的优点与长处，并引发自己的灵感，提升自我。天赋与勤勉，加之外在的机遇，这是成功者的必备条件，如今天时地利人和兼备，钟南山在医学事业上崭露头角。钟南山在研究中最初与众不同的发现，是发现痰迹状态与呼吸系统疾病之间的关联。钟南山发现，不同的患者、不同的病种，甚至同一患者在不同的患病阶段，咳痰的色泽、黏稠度、迹象各不相同。在此之前，中医也曾对痰迹状态做出了诸如清、淡、浓的区分，但表述比较抽象，医者难以对症判断。钟南山敏感地意识到，对痰样的分析，也许就是找到治疗慢性支气管炎方法的关键。他将自己的观察与思考向小组做了汇报，得到了赞同。小组决定从痰样分析开始，开展呼吸系统疾病的防治和研究工作。钟南山运用他所学的生化知识分析白痰、黄痰的成分，后来开始研究中西医结合防治。

随着临床、科研等各项工作有条不紊地开展，慢性支气管炎防治小组慢慢发展壮大。钟南山虽然没有行政职务，但他实际上是防治小组的灵魂。除了负责对上、对外联络事务以及实验室的业务，他还参与查房、抢救危重病人、值夜班、疑难病症会诊等具体的临床工作。他善于从临床现象中总结出规律，在疑难杂症的诊断上，显示出过人的敏锐。在对一个疑为肺癌的顽固性咳嗽患者进行纤支镜检查时，钟南山经过细致的观察，大胆做出诊断，认为其症结在于气管异物，并从病人右主支气管中取出几块鸡骨，开创了国内纤支镜钳取气管异物的先河。

在研究方向的选择上，钟南山的格局与视野比较开阔，他密切关注国际医学前沿动态，竭力向国际领先的研究和临床治疗方向靠拢。一九七四年和一九七五年，慢性支气管炎防治小组分别在《中华医学》和《中华内科》杂志发表了两篇高质量的论文，填补了广州地区多年来没有论文在国家一级医学刊物发表的空白。一九七八年，举国上下拨乱反正，防治小组心无旁骛，将精力专注于专业研究，研究进展加速。一九七七年，联合国世界卫生组织传统医学代表团到广州访问，聆听了防治小组的报告，并给予高度评价。一九七八年，第一届全国科学大会在北京隆重开幕，钟南山作为广东省代表参加了这次盛会，他与人合写的《中西医结合分型诊断和治疗慢性支气管炎》的论文被评为国家科委全国科学大会成果一等奖。

慢性支气管炎防治小组的发展和成果引起广东省卫生厅的高度重视,广东省卫生厅,决定在防治小组的基础上,组建呼吸疾病研究所,并拨款十万元作为科研经费。十万元,这在当年是一笔巨款。一九七九年,广州呼吸疾病研究所[①]成立。钟南山出任副所长。成立伊始,呼研所条件艰苦,由于空间不足,钟南山和同事们只能在病房大楼的天台上搭棚子做科研实验。呼研所内的设备也不足,只有一台心电图机和八台国产呼吸机。

但钟南山毫不畏惧,他仿佛又回到了从前的竞技场上,他已经跨过一道道横亘在眼前的障碍栏,最艰辛的时刻已经过去,前景越来越广阔,越来越明亮。钟南山知道,前方依旧还有障碍,或许更高、更艰难,但他的内心,满溢着战胜困难的信心与希望,任何困难都不能阻挡他笃定前行的步伐。

---

① 隶属于广州医科大学附属第一医院,简称呼研所。

艰辛的旅途

呼研所刚成立时，钟南山是个非常有凝聚力的人，他总能用自己的热情，调动起研究人员的活力。因为他，呼研所氛围其乐融融，工作人员团结而和谐。钟南山正全心以待，接受呼研所工作的新挑战时，一个非常重要的机会落到了他的头上。教育部将组织公费出国留学考试，选拔人才走出国门，留学海外。这是一个开拓视野、直接走进世界学术殿堂学习国外先进技术的大好机会。钟南山报名参加考试。不过工作实在太忙了，他只请了十天假突击英语，觉得自己没考好，没抱太大希望。可幸运之神再次垂青于他，一九七九年九月，钟南山拿到通知书，入选公费出国人员名单，获得了赴英国爱丁堡大学深造的机会。紧接着，他们这批入选者就到中国矿业学院①集中强化培训英语一个月，为即将到来的为期两年的留学做准备。

钟南山又得离开家了。八年前风尘仆仆回到广州与家人相聚的一幕犹在眼前，八年转瞬而过。李少芬是贤妻，家里有三位老人和两个孩子，大大小小的家事加之自身工作上的重担，令她操劳终日，但她都毫无怨言，默默承担着，为的是让钟南山不受家事拖累，专心致志攻克事业上的难关。妻子的操劳，钟南山看在眼里，记在心头。在家的日子，尚没能尽到为人父为人夫的责任；如今又将离家，钟南山不免愧疚。但此番别离，不似从前。从前的别离归期未卜，前景不明，而这次钟南山赴英国学习，是千载难逢的机会。妻子李少芬尽管心有不舍，但还是由衷地为钟南山高兴。

钟南山出国之前，去了趟厦门，回鼓浪屿老

---

① 1988年更名为中国矿业大学。

家看望在那儿小住的父亲。他只住了不到四天，就匆匆离开。钟南山离开厦门前，听说学英语专业的表妹也要出行，便换成了与表妹同班次的客车，一路向表妹请教英语。马上要赴英国留学，钟南山又拿出一贯的攻坚克难的拼劲，抓紧一切机会苦练英语。

一九七九年十月二十日是钟南山四十三岁的生日，连同他在内的十六位公费留学生，一起坐上了开往英国的国际列车，钟南山是组长，大家兴致都很高。大家知道那天是钟南山的生日后，就在国际列车上为钟南山举办了一个特别而温馨的生日庆祝会。钟南山开心地度过了一个难忘的生日。

他们将在国际列车上度过九天。钟南山从未经历过如此长途跋涉的旅程，他听着列车哐当哐当的前行声，看着窗外飞驰而过的草原、森林、湖泊……那一片片他仅从书本上看到过名字的地域，如此真切地出现在他的眼前——他看到了深秋的草原广袤无垠，没有烂漫的野花，遍地是枯黄的草色；他看到了连绵不绝的山包、美丽的白桦林、流动的云朵、奔腾的马匹……驶过草原，便到了祖国最北端的漠河，出了漠河，也就越过了国界，他看到了贝加尔湖——苏联到了。车窗外温度很低，雪花落下，大大小小的湖泊区域白雪皑皑。钟南山虽只能透过车窗看景致变化，却也着实开了眼界。列车到达莫斯科，停留半天时间，钟南山和同行者还去参观了列宁墓，很是兴奋。列车继续前行，进入波兰，而后到达民主德国，接着穿越柏林墙，即将到达联邦德国。在入境联邦德国前，列车上的所有人被通知下车接受检查。

在此之前，旅途一切顺利，钟南山以为此番入境检查也能顺利通过，可始料不及的事情发生了。中国留学生们的行李很多，包里塞满了日用品。第一次走出国门，中国留学生们知道国外的消费高，为了尽量减少花费，他们把能带上的东西都带上了，每个人都大包小包的。钟南山是组长，费了很大力气，才在启程时帮着把全组人员的行李见缝插针地塞到了车厢的行李架和铺位下所有能放东西的空间。

中国人行李中的一包包白色粉末引起了德国人的警觉。白色粉末如此之多，塞满了半人高的行李箱。德国警犬围着这些可疑物品嗅个不停。德国人立刻把十六个中国留学生扣下。

"这是洗衣粉啊……"钟南山暗暗叫苦，他带的洗衣粉最多。

撑得几乎爆裂的行李箱被一个个打开，洗衣粉被一包包地扯开，德国人用德语一连串地询问，但他们一个字都听不懂。而他们回复的中国话，德国人也不懂。面对德国人冰冷狐疑的目光，十六个中国留学生惊慌无助地愣在原地，不知如何是好，而列车几分钟后就将启程。如果他们的行程就此被阻断，钟南山不知道该如何收拾如此不堪的局面。

情急之下，钟南山灵光一闪，憋出了一句英语："Washing powder！"

Washing powder？德国人狐疑地看着摊在地上的一袋袋白色粉末，蹲下，用手指蘸着放进嘴里，皱了皱眉头，不解地看着这群中国人。这些白色粉末，的确是洗衣粉，可这些中国人，为什么要带这么多洗衣粉呢？是的，他们不能理解，出国留学，对于这些贫穷却有着报国雄心的中国精英来说，是如此不易。他们就是如此一分一厘地克己节省着，克服一切物质上的困难，只为有朝一日能实现抱负，学成报国。

十六个中国留学生终于在列车即将启程时，被放行了。钟南山被惊出一身冷汗，慌忙中再次使出大力气，和同行者一起，将散乱的洗衣粉重新包好，塞进行李袋里，再将行李袋行李箱快速整好扣好，大包小包地拖上列车。

列车启动前行，钟南山几乎虚脱。他是组长，责任最重，心理负担也最重，劳累加上惊吓，令他筋疲力尽。幸好虚惊一场之后，中国留学生没有再遇到困扰，平安地抵达终点，而后坐船到达英国。

身体向来强健的钟南山到了英国就病倒了。钟南山当留学生的组长，尽心尽力照顾大家，如一根紧绷的弦，在旅途中承受了过多的压力和劳累，加之语言不通，又从未出过国门，完成任务后精神一放松，人立刻支撑不住了。

第一次亮相

留学期限为两年，但这十六位中国留学生得先到伦敦西部的伊令、哈默史密斯及西伦敦学院，用大约三个月时间学习英语。虽然出国前已进行过一个月的英语强化集训，但是他们到了英国才知道，在中国接受的强化训练远远不够。

钟南山被安排住在一位英国老太太家。一开始，钟南山连听明白英国人在说什么都困难。话都听不懂，就更别提和英国人沟通了。他在伊令学院，和从中国来的留学生结成了学习伙伴。有的留学生的英文程度相对较好，钟南山就和他一起练习英语。钟南山决定从练习听力入手。每天晚上，他都花一个小时专门练习听力。他听英语录音带，一遍遍地听，然后将听到的英文一句句地记下来，每一句话，他都要听懂听明白并记录正确才算过关。实在听不懂，他就请教别人。

父亲钟世藩曾留学美国，英文功底深厚，他成了钟南山远方最贴心的英文老师。钟南山用英文给父亲去信，父亲也用英文回复。每回收到父亲的回信，钟南山都心头一热。父亲从远方寄来的家信特别厚，里边不仅仅有父亲的回信，还有钟南山的去信。钟世藩用红笔，将钟南山信中所有的语法、拼读错误一一标注、修改。钟南山与钟世藩，就如此一来一去地用英文通信，渐渐地，钟世藩修改的红色标注越来越少了，钟南山的英文水平提高得很快。这样的通信持续了一年，直到钟南山能够灵活自如地使用英文。

钟南山一边学英语，一边等待他的导师——爱丁堡皇家医院[1]的大卫·弗兰里教授的回信。他初来时，便给弗兰里教授去信，表达了对导师的敬仰，并期待会面。可等了一个多月，导师的

---

[1] 爱丁堡皇家医院创立于1729年，是苏格兰最早的非营利医院。现为爱丁堡大学医学院的教学医院。

信才到，而且语气淡漠。

"按我们英国的法律，你们中国医生的资历是不被承认的。所以，你到医院进修不能单独诊病，只允许以观察者的身份，看看实验室或看看病房。根据这个情况，你想在我们这儿进修两年的时间显然太长了，最多只能待八个月，超过这段时间对你不合适，对我们也不合适。你要赶快同英国文化委员会联系，考虑八个月之后到什么地方去……"

钟南山仿佛看到了导师写信时那张冷漠的脸，他的心一下子凉了。千里迢迢到了英国，钟南山刻苦练习英语，就是时刻想着早日取到真经。之前，他已经料到，到英国必将遇到许多困难，但他万万没有料到，最大的难题，居然来自导师。导师质疑中国人的医学专业水平，根本不欢迎他。

明知道导师并不欢迎自己，钟南山还是在一九八〇年新年的第二天，硬着头皮前去拜访。弗兰里教授的态度果然冷漠，信如其人。

"钟医生，你想干什么？"弗兰里教授的语

气很直接，毫不客气。他非常怀疑中国医生的水平，显然把爱丁堡皇家医院接受中国医生前来学习的差事，当作了一项走走形式的、不可理解的事情。钟南山默默忍受着导师的轻视与误解，向导师讲了一番自己来此学习的设想。他告诉导师，自己到英国来，是以做研究为目的的，而不仅仅想做个观察者。睿智的弗兰里第一次感受到了面前这个中国人的执着追求，但他还是面无表情地吩咐钟南山先看看实验室，参与英国同行的查房，待一个月后再考虑做什么。钟南山相信，总有一天，他会让导师明白自己的决心与专业水平的。他在默默等待机遇。

　　机遇总是留给有准备的人。一个多月后，钟南山在教室里再次遇到自己的导师弗兰里教授。钟南山上前给导师行礼，弗兰里教授面对眼前这个诚恳而目光坚定的中国人，忽然心有所动，看着钟南山问道："你能不能讲一讲中国的医疗？"

　　钟南山毫不迟疑，斩钉截铁地回答："OK！"他不知道自己怎么就有那么大的勇气。他只知道：导师你让我讲，我就讲；你给我机会，我就做！

应承下来后他才发现，只有一个月的准备时间，对他而言，太难了，从何讲起？以他的英语水平能否胜任？钟南山拼了！哪怕只有一个月的时间！他恨不得将一分钟掰成两半。

一个月之后，钟南山的演讲开始，台下座无虚席。

钟南山制作了精美的幻灯片，图文并茂地将自己精心准备的"中国医疗"课件呈现在大家面前。他从中国的传统医学讲起，讲中西医在呼吸医学诊断方法上的相通之处，提到了中医与众不同地通过观察病人的舌色来判断病人是否缺氧和酸碱平衡的情况，他还讲解了中国古老的传统医术针刺麻醉。在这次演讲中，钟南山在呼研所所做的研究全部派上了用场。讲座结束，全场掌声雷动，钟南山在导师和爱丁堡皇家医院学生面前的第一次亮相完美收官。

钟南山在爱丁堡皇家医院的"中国医疗"演讲中所提及的中医初诊时的"观舌色"诊断方法和针刺麻醉技术，也在临床取得实证，获得了教

86　中华先锋人物故事汇　钟南山

授和同行们的认可。虽然一开始,钟南山在爱丁堡皇家医院遭遇英国同行的偏见与怠慢,但英国同行意识到钟南山具备真才实学时,便立刻打破偏见,由衷地给予他信任与尊敬。

钟南山在爱丁堡皇家医院的生活过得很拮据,中国留学生每个月只有六英镑的生活费。为了节省每一枚硬币,钟南山每日步行去学校,以省下地铁钱。他自力更生,下厨煮饭,自己理发,也帮别人理,他的厨艺和理发技术大大长进,后来居然都得到了大家的夸奖。日子拮据,但钟南山的心却慢慢舒展开来。他渐渐地在英国为自己赢得了新的信任、新的尊敬。而他还有更重要的事要做,心中有追求的人,是不会困于物质之匮乏的。

研究出成果

钟南山主动出击，为自己在爱丁堡皇家医院的学习设定了研究方向：研究一氧化碳对血液氧气运输的影响。这个研究方向，既符合自己在国内进行的呼吸系统疾病研究，同时也契合导师弗兰里教授期待开展的项目。

"现在，我们是一路的了。好好干！"导师弗兰里热情地说。弗兰里的脸上，早就卸下了冷漠，充满了信任与期许。

要做这项研究，仪器必不可少，但是爱丁堡皇家医院那台研究血液氧气运输影响必备的血液气体平衡仪却出了故障，闲置一年多了。医院购置新仪器需要时间，但只有两年学习时间的钟南山等不及了,他亲自动手修理仪器。在钟南山看来,动手修理仪器,不过是平常事。从前在慢性支气管炎防治小组,他曾不止一次地动手维修仪器。现在,到了英国,虽然面对的是他从未见过的高级仪器,但情急之下,他又开始自力更生地解决难题了。维修血液气体平衡仪需要用血液做检测,钟南山毫不犹豫地从自己身上抽血。一次20毫升、30毫升、40毫升,钟南山的血源源不断地被抽出。一次,两次,三次……一共三十次,钟南山用自己800毫升的鲜血,"唤醒"了这台价值三千英镑的仪器。

"钟医生,您在中国也修过这种仪器吗?"一旁的英国同行惊喜而好奇地问。

"不,我到这儿才第一次看到这种仪器的。"钟南山如实作答。看着那用自己的鲜血"唤醒"的仪器,诸多感慨涌上心头。他知难而上,又一次用自己的双手解决了难题,为自己的研究铺平了道路。

有了仪器,钟南山开始按自己设定的方案,进行一氧化碳对人体影响的实验研究。用什么做实验品？钟南山想起了年少时饲养的那些小白鼠，现在他决定自己当小白鼠了。他一边吸入一氧化碳，一边让同行从自己身上抽血监测。一氧化碳的浓度渐渐加大，钟南山开始觉得头晕，憋闷。当血液中的一氧化碳浓度达到15%时，协同实验的同行们发出惊呼：

"太危险了！"

他们让钟南山赶紧停下。大家都知道，只有当一个人连续抽掉五十至六十支烟时，血液里的一氧化碳浓度才能达到15%。此时，钟南山相当于吸入了大量的香烟，相当危险。钟南山已经头晕目眩，可他继续坚持吸入。他在向自己的极限挑战，向无限趋近于完美的实验结果挑战。当血液里的一氧化碳浓度达到22%时，他终于停下了。他感到天旋地转，极度难受，但心里却无比欢喜。他得到了自己想要的实验结果。钟南山用自己的身体，为自己设计的实验方案交出了完美的答卷。他笑了，虚弱却满足——我就是小白鼠，我愿意为了心爱的医学事业，奉献自己的身心与鲜血。

研究出成果

如此这般苦苦钻研了两个月。钟南山每天工作十六个小时以上，白天做实验，晚上整理实验数据。他又接到了导师弗兰里的来信：

"下周皇家空军代表和苏格兰医学理事会主席要来参观我们的实验室，这关系到我们能否争取到一笔可观的建筑实验大楼的经费。我想请你为他们做有关各种因素对血红蛋白氧解离曲线影响的报告……"

透过信纸，钟南山仿佛看到了导师热情而赞许的目光。钟南山笑了，他不仅为自己赢得了英国导师的认可和信任，还为中国学者赢得了爱丁堡皇家医院同行的认可和尊敬。

五月十五日，弗兰里教授来到钟南山所在的实验室，考察钟南山的研究成果。钟南山向导师展示了自己两个月以来的研究成果。他通过实验，不仅证实了弗兰里教授之前用数据推导方式得出的一氧化碳对血液氧气运输影响的推导公式，而且发现推导公式不完整。弗兰里教授非常高兴。

"我一定要尽全力将你的研究推荐给全英医学

研究会。"弗兰里睿智的双眸里，再没有丝毫的蔑视，他敏锐地发现在眼前的中国学者身上，有着与众不同的力量，有着一切成功者应有的禀赋与韧性。弗兰里知道现在自己所要做的，就是所有公正、有气度、惜才爱才者该做的事——给有潜力者助力一推，让有潜力者的成果、有潜力者的才干为人所知。

弗兰里为钟南山安排了一次"啤酒讨论会"。所谓"啤酒讨论会"，就是西方学术界学者小范围地、自由公开讨论学术问题的一种方式。参加讨论会的学者一边喝啤酒，一边听报告人演讲最新的研究成果。来者可以自由发问，自由讨论报告人的研究成果。弗兰里为钟南山安排"啤酒讨论会"，就是让他为参加全英医学研究会热身，并让他的成果在学术圈的小范围内先获得论证。

钟南山不负导师的期望，他的报告《一氧化碳对血液氧气运输的影响》获得了呼吸系、麻醉科、内分泌科全体医务人员的赞扬。他的研究成果在"啤酒讨论会"上获得一致好评与认可。

一九八〇年九月，钟南山在全英医学研究会

上做报告，实验结论广受赞誉。中国学者钟南山引起了国际学术界的注意。他接到了欧洲免疫学会议的邀请，请他十月赴奥地利维也纳参会。参会期间，他认识了伦敦大学附属圣·巴弗勒姆医院胸科主任戴维教授。戴维教授发出邀请，希望他来年夏天到圣·巴弗勒姆医院来，一起合作研究哮喘病介质。钟南山欣然答应。

一九八一年的夏天，钟南山即将离开爱丁堡大学，赴伦敦继续进修。在爱丁堡的日日夜夜，艰辛悲欢，点点滴滴，都留在钟南山的心中。离别前夕，导师弗兰里教授到美国出席学术会议去了，钟南山无法与导师当面道别，便准备拜访导师夫人并作别。弗兰里夫人邀约钟南山到家里来。钟南山如约而至，门一打开，他才发现，屋里都是熟悉的同事们。音乐轻柔地响起，大家的脸上，带着微笑和藏不住的离别的感伤。原来弗兰里夫人在家里专门为钟南山安排了道别酒会，同行们都来了。一声声祝福、一个个惜别的拥抱、一件件离别的礼物，将钟南山淹没在友爱的海洋之中。钟南山与大家依依惜别。

向权威挑战

钟南山在圣·巴弗勒姆医院开始了他的新研究。一件意想不到的事落到了他的头上：他应邀参加九月份在剑桥大学举行的全英麻醉学术研究会并做报告。这是爱丁堡皇家医院麻醉科主任杜鲁门教授为他带来的机遇。钟南山的一篇论文，挑战了一位英国的学术权威——牛津大学雷德克里夫医院麻醉科的克尔教授。钟南山在爱丁堡皇家医院做人工呼吸对肺部氧气运输的影响实验时，发现自己的实验结果与克尔教授的一篇论文的结论截然相反。钟南山再三实验，结果仍然发现与克尔教授的结论相左。钟南山就此结论，写了《关于氧气对呼吸衰竭病人肺部分流的影响》

的论文，并在爱丁堡皇家医院麻醉科小范围里做了报告。杜鲁门医生被钟南山严谨治学、坚持真理的精神所折服，认为此文很有价值，马上推荐给了全英麻醉学术研究会，如此，才有了钟南山受邀参加全英麻醉学术研究会的机遇。

钟南山一大早就到了剑桥，下了车，他一眼就看见了欢迎他的杜鲁门教授。杜鲁门教授在前一天就从爱丁堡赶来了，英才惜英才，两位心有默契的同行朋友再次相见，分外高兴。钟南山的报告时间是下午，杜鲁门教授见还有时间，热情地驱车陪从未到过剑桥的钟南山兜风，领略剑桥风光。朋友的热情钟南山不忍拒绝，剑桥秋色美不胜收，但车窗外的美景，钟南山看在眼里，却入不了心里。他的所有专注力，都在下午的报告上。

下午，报告时刻来临。钟南山面带微笑，走上讲台。他略微有点紧张，但这紧张恰到好处，他仿佛又回到了赛场上，发令枪声响起，他全神贯注，奋力向着终点跑去。他越讲越从容，越讲越自信，他在讲台上用幻灯片展示自己的实验结果，阐述自己的观点。他克服了紧张和不安。台下的杜鲁门教授，为钟南山的精彩表现暗暗叫好。这位可敬的英国学者，他的无私与慧眼，同样地令人叹服。钟南山报告完毕，台下的学者们惊呆了。他们不知道眼前这位黄皮肤的亚洲人是从哪里冒出来的，居然胆敢挑战学术界赫赫有名的克尔教授。但是，他的发言逻辑严谨，数据确凿，令人信服。台下一片窃窃私语声。随后，克尔教授的跟随者、三位高级助手一连向钟南山提出十二个质疑问题，都被钟南山有力地驳回。钟南山的观点是正确的，他的结论毋庸置疑。

会议常委一致举手通过了这篇论文。会议主持人、英国临床研究中心麻醉科主任勒恩教授最后也表态了：自己在实验室所得出的实验结果，与钟南山的基本一致。他衷心祝贺钟南山的成功，来自中国的钟南山的研究是创造性的。

中国，他来自中国！

钟南山的心头一热。在国际学术舞台上，他的一举一动代表的都是中国，他的自豪感与成就感从心头涌起，他的心中满溢着身为中国人为国

向权威挑战 97

争光的满足感。

钟南山为期两年的英国留学生活即将结束。两年的学习生活,虽极为艰辛,但成果累累。他完成了七篇学术论文,在呼吸系统疾病防治的研究方面,取得了六项重要成果,其中有四项分别在英国医学研究学会、麻醉学会及糖尿病学会发表。英国伦敦大学附属圣·巴弗勒姆医院和墨西哥国际变态反应学会分别授予钟南山"荣誉学者"和"荣誉会员"称号。爱丁堡皇家医院特地派人前来挽留钟南山,请他去那儿工作。

"我是中国人。是祖国送我来的,我得回中国。"钟南山谢绝了爱丁堡皇家医院的好意。

留学英国两年,钟南山的才华与能力已被英国学术圈认可,留在英国,他就能拥有更优越的研究条件、更高层次的学术平台,也许事业前景更为明朗。但是,钟南山知道自己必须回去。初来时,自己之所以受到冷遇与轻视,源于祖国经济、医药卫生事业的贫穷与落后。而他,正是为了改变祖国的医学面貌而来的,为此,他愿意奉献自己的一切。巴甫洛夫的那句话"科学没有国界，但科学家却有国界"，深深烙刻在他心里。离祖国越远，他的心与祖国越近。他从未像现在这样，期盼回到自己的祖国。

一九八一年十一月八日，钟南山结束了在英国两年的学习，学成归国。他接到了中国驻英大使馆转来的一封信，是导师弗兰里写给他的道别信。弗兰里在信中写道："在我的学术生涯中，我曾经与许多国家的学者合作过，但我坦率地说，从来未遇到一位学者，像钟医生这样勤奋，跟我合作得这样好，工作这样卓有成效。"这就是当初质疑钟南山前来何用的导师，在两年后给予钟南山的评价。弗兰里严谨、踏实、富于探索精神的学者风范，深深刻在钟南山心中，成为他后来的榜样。回想两年来的留学生涯，他觉得受益最深的有两点：第一点是，如果第一步还没有走好，绝不走第二步；第二点是，不要认为权威的话就是对的，一定要相信自己所看见的事实。他从英国专家身上得到的最深体会是，即使做一件很小的事，写一篇小文章，都要极其有针对性。英国同行实事求是、踏踏实实的作风，深深影响了钟南山。在英国两年的留学生活，深刻影响了钟南山的研究态度和工作作风。

英国同行的研究态度与工作作风，也让钟南山想到了自己的父亲钟世藩。父亲严谨、刻苦、踏实的作风，与他所见的英国专家何其相似！其实，无论西方人还是东方人，要成为一流的专家，必须具备一流的研究态度与工作作风，这是超越平凡、抵达卓越的根本。最让他高兴的是，对己对人的要求都极为严格的父亲钟世藩终于表扬他了。父亲郑重其事地对他说："你终于用行动让外国人明白了，中国人不是一无是处。"那时，钟南山四十五岁了，这是他自记事起，第一次获得父亲的表扬。五十年前，父亲放弃了在美国优越的工作与生活环境，毅然回国；而现在的他，与父亲当年的步履方向一致，毫不迟疑。

钟南山回国了。他的行李很单一，除了书，还是书。这些书，他由水路，从英国运回了几箱。除了书，还有装在他脑子里的留学所得，这就是他从英国带回来的全部宝贝。

攀登新高峰

钟南山在英国留学的主攻方向,是呼吸疾病的研究与防治。回国之后,他与呼研所的其他领头人,共同定下了呼研所的主攻方向:支气管哮喘的发病机理与诊治;缺氧性动脉高压机理与治疗;支气管肺癌发病机理与成人呼吸窘迫综合征防治;慢阻肺膈肌功能;慢阻肺、肺心病病人营养及营养疗法。

钟南山带领团队,到广州石油化工总厂,对氨作业区的工人进行了肺功能检查,并将检查数据与广州市内相对非污染区的人员的检查数据做比照。研究结果显示,在当时我国国家卫生标准所设定的氨标准安全浓度环境中长期工作,并非绝对安全。钟南山的这一研究结果,为我国制定石化工业中安全的氨标准浓度,提供了科学依据。对石油化工厂的研究并未到此结束,钟南山又将研究结果与吸烟对呼吸系统疾病影响的研究联系到一起。一九八四年,钟南山带领呼研所团队,使用自己从英国带回的英国胸科学会标准咨询普查表,与世界卫生组织、广东从化初级卫生保健中心、广东从化呼吸病防治组一起,赴广东从化良口镇调查研究,收集了宝贵的第一手调查数据。数据到手之后,由于呼研所无统计计算所需的计算机,钟南山与同事们耗费了大量的心血与精力,全靠人工,对数据进行整理、统计,得出了吸烟与慢性支气管炎和支气管哮喘发病关系的结论,并找到了适合当地的防治与治疗办法。这次辛苦的调研,填补了华南地区吸烟与慢性支气管炎发病情况调查研究的空白,为华南地区慢性支气管炎的防治与治疗提供了指导性意见。调查结束之后,广东从化建立了呼吸疾病防治研究基地,为之后进一步深入开展研究奠定了良好的基础。此次调研形成的论文《广州从化地区吸烟现况及其与慢性支气管炎发病的关系》，引起国内外医学界的关注与重视，此项研究被世界卫生组织纳入科研计划。

在肺源性心脏病的病因及防治实验中，钟南山请来了大活猪。其实，早在钟南山刚刚将视野从支气管炎拓宽到肺心病研究时，他就开始寻找适合的实验动物。一开始，少年时当过"小白鼠饲养员"的钟南山，选择用小白鼠做实验。可小白鼠适合父亲钟世藩的鼠胚胎病毒培养研究，对于钟南山所做的肺心病研究却不理想。后来，实验动物换成了猪。钟南山发现猪的肺和心与人类相似，猪也会得肺心病。钟南山和同事开始在猪身上做实验。没地方做实验，大家就把办公桌都搬到外面，把猪赶进去，早上六点进去，半夜一点出来。大胖猪时常出入呼研所，而每当"猪先生"现身，钟南山和研究人员就得连续实验十几个小时，出来后累得直不起腰。

经过不懈努力，他们终于弄清楚了肺心病的发病机制和病理原因，找到了缺氧和肺动脉之间的关系，找出了造成肺高压的原因，为治疗肺心病提供了新依据。

在对猪进行实验的过程中,研究人员掌握了必要的心肺研究技术性技巧,取得了令人瞩目的研究成果,令呼研所的科研水平跻身国内先进之行列。

找到了病因,钟南山和呼研所的同事继续前行,向减轻患者痛苦、治疗康复方向探寻。钟南山发现了营养支持疗法对病人治疗及康复的重要性。钟南山试图在固本的基础上,让病人增加营养,增强体质,抗击病魔。在这项研究基础上,一九八九年,他首次在国内提出了中国慢阻肺患者基础能耗校正公式。经过成百上千次的实验,钟南山和科研同事终于研制出了符合中国慢阻肺病人营养需求的全营养素"优特力生"。"优特力生"可以显著提高病人能量获取及代谢水平,对国内慢阻肺和肺心病病人的营养供给治疗起了极其重要的作用。

将士拼杀,需要良好的武器,科研工作者探索科学高峰,需要适合的实验仪器。研究哮喘,需要测定气道反应。一直以来,测定气道反应的仪器用的是进口仪器，价格昂贵，国内只有几台，根本无法覆盖至基层医院。钟南山的研究向前推进，但单位的设备仪器更新速度根本无法跟上他的节奏。钟南山当年在英国用800毫升鲜血"唤醒"故障仪器的狠劲又上来了。没有仪器，我们自己造！钟南山埋头苦干三个月，终于研制出简易支气管激发实验仪。这台实验仪与进口仪器检测功效相当，操作简便，售价低廉，是一款适合中国国情，适合中国医疗、科研实际情况的仪器。这项成果，造福了广大医疗工作者和患者，不仅仅向世界证明了中国科研人员在高、精、尖仪器、设备上的创造能力，也表明了中国医疗科研工作已渐渐摆脱完全依赖进口设备的状况，步入独立、自给的良好方向。此后，钟南山在研究推进过程中，又陆续研制出电脑化膈肌功能测定仪、峰速仪……他犹如跑道上那个迎风疾跑的斗士，披荆斩棘，用自己的双手和智慧，为后来者开辟前行道路。

不得不说，要成为某一行业的翘楚，除了志向高远，勤勉刻苦，还需在专业领域上大胆假设。钟南山在刚刚加入慢性支气管炎防治小组时,就以敏锐的直觉,从病人的痰迹中,找到了研究慢性支气管炎的方向。回国之后,他又注意到因症状普通而被轻视的"病因不明的顽固性咳嗽"。钟南山想起在英国留学时,在笔记上记录过的一件事:一九七七年,美国科罗拉多州立大学医学院教授杜马斯·佩蒂提出"隐匿型哮喘"的概念,但由于缺乏具体数据,没被医学界承认。钟南山决心就从"顽固性咳嗽"这方面深耕,把"隐匿型哮喘"命题弄清楚。钟南山从气道高反应性与哮喘之间的关系入手,设定普查方案,组织广州呼吸疾病研究所人员进行调查研究。在历经几年普查及随访获得了大量第一手数据之后,钟南山及研究人员在论文《无症状的气道高反应性提示有隐匿型哮喘吗?》中,首次证实并完善了杜马斯·佩蒂所提出的"隐匿型哮喘"的概念。钟南山所提出的"隐匿型哮喘"新观点,在一九八八年亚太胸肺会议、一九八九年亚太呼吸病会议、一九九〇年欧洲呼吸病会议、一九九二年香港国际儿科疾病会议上被宣读。其中,"青少年气道反应性资料"被第十一届亚太胸肺会议选为最佳展出文章。"隐匿型哮喘"的观点被世界卫生组织及美国国立卫生研究院（NIH）联合撰写的《哮喘全球防治创议》引用,获得国内外同行的认可。钟南山被美国胸科协会授予"特别委员"称号。钟南山所做出的"隐匿型哮喘"研究成果,对我国哮喘疾病的预防与治疗,起到了积极的推进作用。

团队领头人

钟南山从英国带回了研究成果，也带回了国际一流科学研究者所应具备的严谨、踏实的研究作风和态度。一九八四年，他出任广州呼吸疾病研究所所长。一九八六年，他担任呼吸内科教授、硕士生导师。一九八七年，他出任广州医学院第一附属医院[①]院长。一九九二年，他担任广州医学院党委书记、院长，当选中共广州市委委员。一九九三年，当选第八届全国政协委员，担任博士生导师。一九九四年，他作为中国唯一的科学家代表，参与组织制定《全球哮喘防治

---

① 2013年，广州医学院更名为广州医科大学，广州医学院第一附属医院更名为广州医科大学附属第一医院。

战略》。

钟南山是位专业技术精湛的研究者，也是位视野开阔的管理者。他是研究所、医院的灵魂人物，影响着身边的研究人员，影响着单位的工作氛围、视野和方向。广州呼吸疾病研究所由最初只有三个人的小组发展为下设呼吸内科、胸外科、重症医学科、实验室等多个临床科室的研究所。广州呼吸疾病研究所专注于呼吸疾病的研究，坚持基础与临床的紧密结合，逐步发展成为一个集科研、医疗和人才培养于一体的呼吸病学专业基地。其中呼吸系统疾病危重症的监护与抢救是呼研所的特色专长，专业水平与影响力均在国内前列，其监护条件与设备、管理水平和抢救成功率接近国际领先水平，被中华医学会呼吸病学分会作为培训基地。一九九三年，广州呼吸疾病研究所经广东省教育厅正式批准建立省重点学科，一九九四年成立广东省呼吸疾病研究重点实验室。

"下一个目标，是将呼研所建成国家重点实验室。"广州呼吸疾病研究所在取得省重点实验室资格之后，钟南山如此表态。他说到做到，带领团队继续奔跑向前，向前！艰苦奋斗了十几年，钟南山的心愿终于实现。二〇〇七年，经科技部批准，由广州呼吸疾病研究所和中国科学院广州生物医药与健康研究院合作创建了呼吸疾病国家重点实验室，这个实验室是国内唯一的呼吸系统疾病国家重点实验室。

至二〇〇二年，钟南山担任广州医学院院长十年，广州医学院也取得了令人瞩目的发展成果：学院由原来的七个三级学科硕士点增加到二十五个三级学科、十一个二级学科硕士点；成立了广州市高校第一个博士点；科学研究也首次获得了国家最高级别的立项和资助。钟南山倡导"广医人精神"——艰苦创业、脚踏实地、开拓进取。他鼓励身边的人，少一点儿自卑感，多一点儿自信，承认落后但要不甘落后，多看到自己的长处，别总纠结于自己的短板，妄自菲薄，要敢于创新，敢于怀疑，敢于突破。他时时不忘为广医人鼓劲，他对广医人说，广医不大，并不一定要像那些先进的医学院校一样急于全面开展，但可以突破一点,打到全国去。广医人要有这个信心和志气。

对于医学人才的培养,钟南山提出了"丁字型"模式,这是人才培养的新方向,与大家普遍认同的人才培养的"金字塔"模式不同。"金字塔"模式重视基础,要求人才在基础层面层层打磨,而后逐渐成为某一领域的尖端人才。但钟南山认为,当代医学学科分类越来越细,培养人才若按"金字塔"模式,面面俱到打基础,势必耗费大量的精力与时间。他认为,人才培养到了研究生阶段,就该按"丁字型"模式,让人才直接深耕扎进某一专业领域,集中有限的时间与精力,专注学习研究,拥有拔尖的专长。倘若一个团队拥有诸多"丁字型"尖端人才,那么整个团队的实力也将得到提升。钟南山指导的研究生,就是按这个思路培养起来的。这些研究生各有专长,专业精尖。

一九九六年,世界卫生组织的专家来中国考察,对广州呼吸疾病研究所的评价是:你们的研究所是一流的,研究生也是一流的。

作为团队带头人，钟南山是威严而令人敬重的。他要求自己高效，也要求身边的团队成员高效。他对团队成员的要求严格，对待他们也很严厉，要求他们工作第一要快，第二要好。而他身边的人，并没有因为他的严厉而有微词，因为他以身作则。钟南山成为身边人的标杆与旗帜，众人信服他，也愿意跟从他，向他学习，向他靠拢。他影响了整个研究所的作风，他的严谨与高效，也成为整个研究所、整个医学院的工作风貌。

院士的诞生

一九九六年四月,由于钟南山在对哮喘疾病、慢性阻塞性肺疾病(COPD)膈肌功能的研究,以及对慢性阻塞性肺疾病及肺心病病人营养状态和营养疗法的研究中所做出的突出贡献,中国工程院决定授予钟南山教授中国工程院医药卫生工程学部院士。

他是广东省第一位医药卫生工程学部院士!消息传来,广州医学院沸腾了,整个广东省卫生界都震动了。

钟南山对于自己当选医药卫生工程学部院士感到意外,他认为选上院士的大多年事很高,有众多成就,相较于他们,自己尚属小字辈。面对鲜花与掌声，钟南山保持着一贯的理智与谦卑，他十分谦虚地自嘲道，自己是沾了院士选拔政策上对年龄限制的光。但实际上，他的才干、他的贡献和他的品行，早就为他赢得了专家同行们的拥护，他当选，实至名归。在广州医学院为他举行的隆重的庆祝会上，他说，这一称号只代表着过去的成绩，并不意味着在以后的日子里，他就一定是最强者。最令他感到高兴的是，他是在广州医学院取得成果，而后成为院士的。在庆祝会发言中，他特别指出："我们的学校很小，是一个不起眼的地方院校，但是我们这么小的学校也可以出院士。"他的这句话如此坦诚而又如此真切，再次印证了之前自己时时勉励广医人的话语。如今他现身说法，以自己的信念激励广州医学院里的所有医学工作者，激励所有在平凡的环境中、平凡的工作岗位上心有大志、努力进取的人奋发图强。

钟南山从来不羞于承认落后。他说，人最重要的是承认落后，承认落后并不是坏事，是为了不甘于落后。不要以为自己条件差就不行，要自己创造条件。在他的一生中,这是一直占据中心的主导思想。而他也用自己的实际行动,完美诠释了承认落后,而后奋力追赶,超越平凡,抵达卓越的过程。

庆祝会结束后,已经晚上九点多了,钟南山心系医院里自己尚未完成的工作,坐上驶往医院的车子,打算继续做他该做的事,继续完成他该完成的任务。车窗外,庆功的灯火、掌声、鲜花、笑脸,一一飞驰而过,转瞬隐没。钟南山仿佛又看到了少年时的自己,骑在母亲奖励给自己的自行车上,穿行在清风旭日之间;想起青年时的自己,奔跑在400米栏的赛道上,冲刺到终点;想起火热的锅炉前,自己拼尽全力,支撑起沉重的身躯;想起在英国的第一讲,面对台下质疑的目光,自己迸发出更蓬勃的激情,用智慧与意志,赢得了一片掌声……俱往矣!当下与未来,尚有长路可行,荣誉与悲欣,不会成为自己的负担,而应当成为自己继续前行的动力。

当选院士的钟南山,依旧坚守在医疗第一

线。"不管是院士还是院长,我首先是医生。"钟南山如是说。他坚持每周查房、出诊。他说,只有坚持到医疗第一线,才能体会到医生的喜怒哀乐,才能了解病人有什么问题需要解决,以便做出正确的决策。钟南山认为,科研的灵感来源于实践,也只有到了第一线,才能找到临床上最需要解决的问题。

他的专家门诊,工作量抵得上别人的三倍。从全国各地慕名而来求医的患者挤满了广州呼吸疾病研究所一楼的门诊室,挤满了门诊室外的候诊区、走廊、外头的过道……钟南山常常从下午一点半开始准备,两点准时开始坐诊,一直工作到晚上十点。其间不断地接诊病人,钟南山根本没时间休息。

送走最后一名病人时,钟南山面前出现的是妻子李少芬提着保温瓶的身影。妻子默默地等着,手里提着他的晚饭,等他能歇下来,吃点东西。钟南山几乎感觉不到饿了,精神高度集中的高强度的接诊工作,让全神贯注的他根本感受不到饥饿。李少芬送饭来,看着他吃完才放心离开。她得看着他吃，不然钟南山一有其他事情打扰，就又去忙别的了，会忘掉吃晚饭。

荣誉接踵而来，一九九九年，钟南山获得了一个特殊的荣誉——他被母校北京医学院评选为六位杰出校友之一。此时，北京医学院已更名为北京医科大学，在学校的"钟南山事迹介绍"中，对钟南山的评价如下："他是近十几年来，推动我国呼吸疾病科研和临床事业走向世界的杰出领头人之一。他和他的同行，在这个专业的突出贡献，奠定了我国呼吸疾病，特别是哮喘及呼吸肌的医研水平在亚太地区的领先地位。"这是母校对他的认可，钟南山感到无比欣慰。

而此时，钟南山更期待得到他最敬重的那个人的认可，可他永远等不到了，他所敬重的父亲钟世藩在一九八七年去世了。直至生命的最后时期，父亲在身体有病、行动不便的情况下，还将病毒实验搬到家中进行，永不放弃对事业的追求。

"三十五岁了……"他一直记得父亲当年那声低沉的叹息。而今，看到现在的他，父亲会表扬他吗？他只记得父亲唯一一次表扬他，是在他英国求学获得成果时。父亲不在了，但父亲当年这声"三十五岁了……"的叹息，永远鲜活，将一直烙印在他心底，鞭策他永远向前，永不懈怠！

"非典"忽来袭

二〇〇二年底,一种奇特的疾病——急性传染性非典型肺炎(又称严重急性呼吸综合征,即SARS,简称"非典")突然袭击广东。"非典"来势汹汹。

这一年,钟南山六十六岁。作为广东省呼吸疾病首屈一指的专家,原本只在行业内享有盛誉的他,被推到全国人民面前,推到全世界万众瞩目的抗击"非典"的聚光灯之下。

二〇〇二年十二月二十二日,广州医学院第一附属医院、广州呼吸疾病研究所收治了一位从河源市医院转来的病人。钟南山按常规到ICU(重症监护病房)查房,一些医生向他谈起了这位从河源转来的病人病情奇特。病人的病历记录显示，其不仅持续高热、干咳，而且经X光透视出现了"白肺"，双肺部弥漫性渗出病变，阴影占据了整个肺部，使用各种抗生素治疗均不见效。

钟南山对病人进行了身体检查，并对病症进行分析。他发现这个病人发烧并不严重，其他器官也没有出现问题，唯一特别的地方，就是肺部很硬。正常人的肺犹如橡皮球般柔软有弹性，空气吸入，肺部就胀起；空气呼出，肺部就瘪下。但这位病人的肺已经没有弹性了，硬邦邦的，吸入呼出空气时肺部膨胀收缩的反应都很不明显。倘若用一般的办法来通气，就很容易导致气胸。

患者在经会诊后又用了很多抗生素，可还是不见成效。钟南山考虑患者的肺已经出现急性损伤，便尝试着用大剂量的皮质激素进行静脉点滴治疗。病人已生命垂危，钟南山对治愈病人的胜算并不大，但钟南山还是没有放弃努力。用皮质激素治疗后，意外出现了，到了第二天、第三天，病人的病情竟明显好转，这使钟南山和团队

"非典"忽来袭

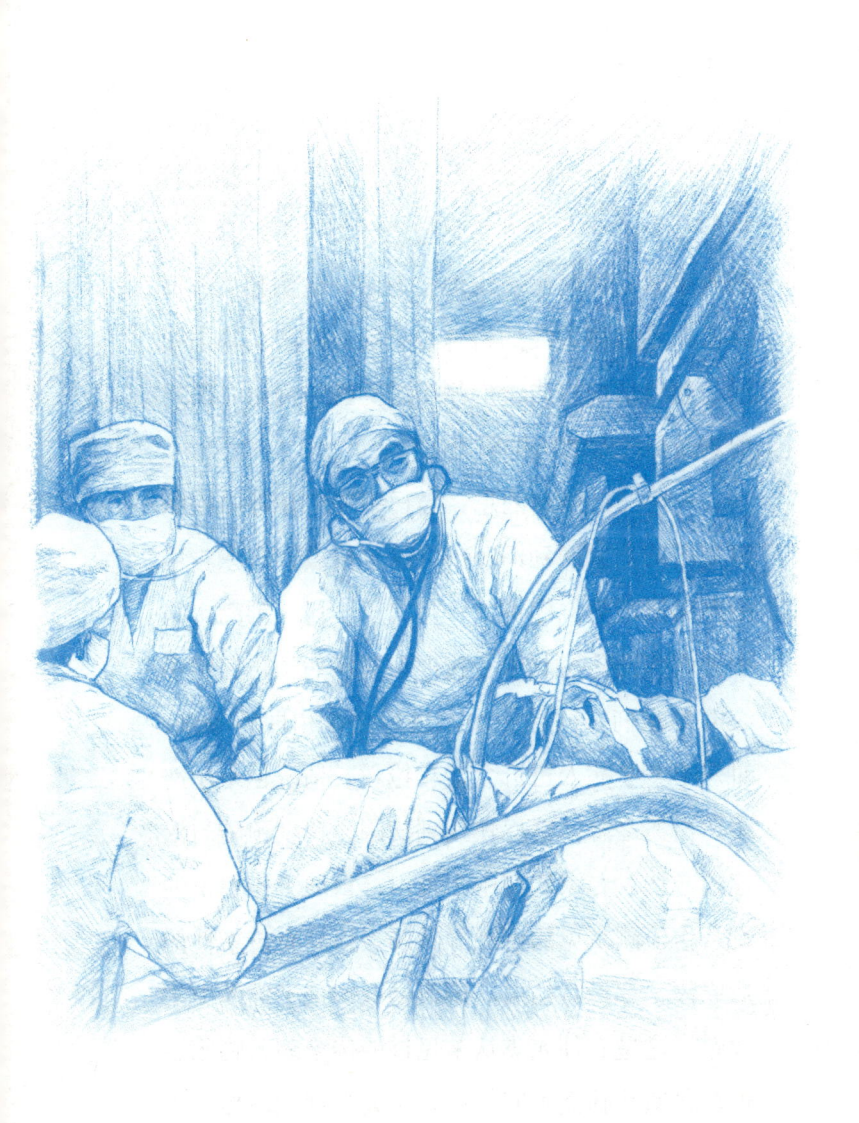

医生非常吃惊。

二〇〇三年一月二日,有消息传来,在河源与这位病人有过接触的八个人,都感染了相同症状的肺炎。这八个人,有的是医务人员,有的是病人家属。钟南山敏锐地意识到,这例肺炎非同寻常,是值得关注的特殊传染病。钟南山马上指示,要将情况报告给广州市越秀区防疫站,同时要求做好一定的防护隔离工作。

一月二日接到消息,当日下午广州呼吸疾病研究所的专家便到河源市会诊。接着,广东省中山市又出现类似病例。一月二十一日,钟南山与中国疾病预防控制中心和广东省疾病预防控制中心的专家们一同赴中山市进行会诊和现场考察,对三十多个病人进行会诊和抢救。情况越来越严峻,当务之急,得尽快找到病因,找到预防与治疗的方法。专家们在中山夜以继日地工作着,他们合作检测常见的可以导致肺炎且具有传染性的病原体,都没有结果。调查情况印证了钟南山的预感:这是一种人类从未见过的传染病,临床表现与典型性肺炎不同。病人主要表现为高热、干咳、呼吸困难等症状，如抢救不及时，病人极易死于呼吸衰竭或多脏器衰竭。专家小组将调查结果《关于中山市不明原因肺炎的调查报告》送达广东省卫生厅。在调查报告中，钟南山与广东医学专家对于非典型肺炎的病因尚无定论，但认为病毒性感染的可能性大；报告提出的治疗原则为酌情使用皮质激素等；预防措施包括隔离病人，病房通风、换气、消毒；并对疾病的传播途径做出了可能通过空气飞沫传播的预判。

这份报告，是中国第一份关于非典型肺炎的报告。在这份报告中，第一次将这种致命的传染病命名为"非典型肺炎"。二〇〇三年三月二十八日，世界卫生组织才根据这种病的临床表现和流行病学特点，将其命名为严重急性呼吸综合征（SARS）。而"非典"这一命名，在中国依旧被广泛采用。这份报告的准确性与预判性，在事后都得以证实。可以说，钟南山与广东医学专家，在"非典"刚冒头时，便沿着严谨、务实、高效的正确方向，与病魔正面交战。他们所进行的，不是一般的研究或者临床工作，而是冒着被感染的风险的探索。

接到专家组报告的第二天,广东省卫生厅就发出了通知,要求各医疗单位认真学习并掌握治疗方法。广东省非典型肺炎医疗救护专家指导小组成立,钟南山任组长。

钟南山迎来了他人生中最大的挑战,这是他人生中第三次与死神面对面。婴儿时,他侥幸从敌机轰炸中逃生。少年时撑伞飞身跃下,侥幸逃生。如今,他要用自己的双肩挑起国家交给他的重担,对抗一个面目不清却极具杀伤力的强大而凶险的病魔。他别无选择,必须迎头而上,用自己的智慧与勇气,为大众的安康撑起一把保护伞。

勇气与担当

二〇〇三年一月中旬到二月中旬，非典型肺炎病因未明，疫情却不可遏止地四下蔓延。钟南山在疫情一开始时，就提出了自己的协作观点。第一，对付非典型肺炎，需要流行病学，首先是病原学和临床方面的密切协作，只有这样才能真正找到它的病原。第二是国际协作，这种病是人类的致命疾病，只有综合各国的优秀科技成果，群策群力，共同攻关，才能早日解决问题。

为了尽快找到"非典"病原，遏制疫情，钟南山承受着来自各方的压力，将协作的目光投向了香港大学。香港的医疗检测技术水平相对较高，而且香港大学有他信任的两位微生物学教授,同时也是他的学生。钟南山和这两位学生签订了一份协议,协议中有一条:假如任何一方发现了病原体,必须通过卫生部,征得卫生部同意才能发布。为了早日找到病原体,钟南山将病人身上的病毒样本取下,交给两位学生,他与学生的交流合作开始了。这不仅仅是他与学生之间的合作,更是内地与香港协作攻克"非典"的良好开端。

钟南山已连续一个多月,艰苦奋战在抗击"非典"第一线。他发起高烧,接着开始咳嗽,肺部拍片显示出现炎症。钟南山支撑不下去了,得住院治疗。去哪里治疗?钟南山知道稳定军心的重要性。自己是抗击"非典"的聚焦点,"非典"的病因未明,民众对"非典"的恐慌如阴霾迅速扩张,如果连自己都倒下了,势必引发各种猜测,各种捕风捉影的消息也将不胫而走。稳定压倒一切,钟南山不能让自己在自己的病人面前倒下,在自己的团队面前倒下。若去其他医院,自己是"非典"疑似病人,也会给其他医院带来恐慌。钟南山,这位日夜为救治"非典"病人而操劳、用自己的爱心与高超医术诊治了无数重症病人的医者，当自己生病时，却找不到合适的医院治疗！

钟南山决定回家治疗。在钟南山最困难的时候，家总是他最安心的地方。钟南山回家了，疲倦而虚弱。一踏进家门，他的心立刻平静下来了。妻子李少芬早已安排好一切，家里的门框上钉了钉子，可挂吊瓶。妻子让他换下所有的衣服，洗澡洁身后安心休息。他在家养病的每一天，妻子细心呵护，为他挡住所有的外界干扰，让他安心养病。即使他有可能得的是凶险的"非典"，李少芬也从未惧怕，或者对他流露出一丝丝的嫌弃。李少芬对他的爱与包容，义无反顾。她隐没在他的鲜花与镁光灯之后，却在他最虚弱无助时挺身而出。

万幸的是，只用抗生素治疗，五天之后，钟南山肺部的阴影就没了。他得的不是"非典"，而是普通肺炎。极度虚弱的钟南山在李少芬的坚持下，又休息了三天。第九天，钟南山出现在广州呼吸疾病研究所。

他是如此虚弱，手几乎拿不稳东西，可他来了，就站在他的同事、他的病人面前。有那么多病人，说不出话的病人，躺在病床上，用眼神告诉钟南山：你在，我就踏实了；你在，我就能活！是的，只要他站在那儿，他身边的人仿佛就有了希望，有了信心；只要他站在那儿，病人的心就踏实了。如此不可辜负的目光，如此不可辜负的信任！这就是钟南山为医学事业舍己奉献、精进不懈的动力，这就是他从事医学事业的动力源泉。

此时，珠江三角洲一带确诊病人越来越多，明显出现家庭聚集性和医院聚集性传染。广东发现传染性极强的疫情这一消息，不仅有全国各大媒体的追踪报道，还有各种民间渠道扩散的传言。民众在恐慌中密切关注着疫情，各种猜测纷至沓来。谣言从广州出发，向珠三角蔓延，而后又向福建、江西、海南、广西、香港等地传播，甚至连北方城市也有波及。广州市民开始抢购白醋、板蓝根和所有预防感冒的药物，这股抢购狂潮甚至席卷了广东之外的地区。

为了安抚民心，二月十一日，广东省卫生厅组织召开记者见面会，公开发布"非典"疫情和病人医治情况。钟南山受命讲解。面对全国人民，面向全世界关注的目光，钟南山坚毅、笃定地说道：

"'非典'并不可怕，可防，可治。"

院士的话语，一言九鼎，院士笃定诚恳的神情，令人信服。人们并不知道，为了得出"不可怕、可防、可治"的结论，钟南山已经带领团队，与病魔争分夺秒地奋战了四十多天。"钟南山"这个名字，从此已不仅仅代表他个人，还成为全国人民抗击"非典"的勇气与信心的符号。

以事实为据

二〇〇三年二月十一日,钟南山发言时指出,非典型肺炎病因不明,但从临床综合考虑,病毒性感染可能性较大。但是病原体是什么?找到病原体,才能真正扼住病魔之喉。

二月十八日,某地疾控中心的专家称,引起"非典"的病原体基本确定为衣原体。广东医学界十分震惊——如果病原体为衣原体,那么治疗方案就简单多了,可如果"病原体为衣原体"的判断是错误的,那么按错误的方案治疗,将付出更多人的生命!

"仅从两个肺组织的标本的电镜观察结果下结论,科学根据不足。在病人尸检中发现的衣原体病原仅能作为两位被解剖者死亡的病因之一，并不能证明衣原体就是导致这两名死者死亡的唯一病因，更不能简单地认定衣原体就是唯一病原。"在广东省卫生厅组织的紧急会议上，钟南山勇敢地发声质疑。

广东省的专家组支持钟南山，他们认为，从临床上看，"非典"的病原更像是一种新型病毒。为了对病人负责，他们也参考了该地疾控中心的结论，调整了治疗方案，采用了针对细菌、病毒、衣原体的多种药物和对症疗法。

钟南山在关键时刻，一次又一次毫无畏惧地挺身而出发声。他在公开场合阐明直言的原因："科学只能实事求是，不能明哲保身，否则受害的将是患者。"他的目光坚毅，他的神情庄重坦荡，与他所敬重的父亲钟世藩那么相像。他相信，父亲一定也坚定地站在他这边。

钟南山一面顶着压力，质疑"病原体为衣原体"的说法，一面在实践中慢慢摸索出对症治疗的措施。书本上没有的，只能在实践中摸索。钟南山亲自查看每一个病人的口腔，并得出了"非典"病人与一般肺炎病人不一样的症状特点："非典"病人咽部没有症状；发烧，白细胞低，肺部有炎症，但肺部没有啰音；而最突出的特征就是呼吸困难。通过亲自观察病人口腔，钟南山得出了所有病例均无上呼吸道感染的结论。这些亲自诊治、近距离观察接触病人的实践经验，让他更加确认病原体非衣原体的判断。

钟南山后来在接受中央电视台《面对面》节目采访时说道："我们临床感觉有两个大的不同，很难用衣原体引起的肺炎来解释：第一，衣原体引起的肺炎很少会这么严重；第二，我们采用了足够剂量的抗衣原体、支原体的药物，但是一点儿效果都没有。当时我考虑，除非这个衣原体是一种特殊的变种，否则的话很难用衣原体来解释。"

在钟南山的主持下，《广东省非典型肺炎病例临床诊断标准》出台了，为各医院收治"非典"病人提供了明确的临床诊断标准，解决了实际问题。在未弄明白病原体是什么时，在钟南山的指挥下，广州呼吸疾病研究所在实践中摸索出一套

"对症治疗"的方案。这套方案有效提高了危重病人的救治成功率,并被其他医院所学习采用。他们总结了"三早三合理"的经验:早诊断,早隔离,早治疗;合理使用皮质激素,合理使用呼吸机,合理治疗并发症。他们创造了"无创通气"法,即用无创鼻部面罩通气,而不是通常对重症病人采用的插管或气管切开术通气,以减少病人的痛苦,避免更严重的继发性感染。他们根据病情,适时、适量地对病人使用皮质激素,大大降低了病人的死亡率。

以上措施,与传统临床救治措施大相径庭,引发诸多争议。但是,以钟南山为代表的广东医务人员以实践为依据,力排众议,并获得了广东省卫生厅的支持。三月九日,广东省卫生厅下发《广东省医院收治非典型肺炎病人工作指引》,将以钟南山为代表的广东医务人员抗击"非典"的救治经验形成工作指引,下发各地市与省直、部属医疗单位。

送到我这里

三月是广东抗击"非典"最严峻的时期,几家专门用于收治"非典"病人的医院不堪重负。三月十七日,广东省全省累计报告病例首次突破一千例。由于"非典"具有极强的传染性,在救治病患过程中,医务人员首当其冲,接二连三地受到传染,一个个倒下。在最危险的时刻,钟南山向广东省卫生厅请命:"鉴于呼研所的技术力量,同时考虑到危重病人有较强的传染性,应集中治疗。把最重的病人都送到我这里来!"钟南山的这句请命,掷地有声,注定将被载入中国抗击"非典"的史册。

钟南山临危请命,带领整个呼研所的同人,

挺立于最危险的抗击"非典"的一线，这是医者的担当使然。钟南山在面对挑战时与众不同之处就在于，当挑战来临时，只要有一定把握，钟南山首先考虑的是如何成功，而不是首先考虑失败。钟南山主动请缨，不仅仅需要担当和勇气，也需要底气。他在呼吸疾病领域已经奋战三十多年，积累了丰富的经验。广州呼吸疾病研究所是一个呼吸系统疾病诊断、治疗和研究中心，在呼吸衰竭救治方面已经积累了二十多年的经验，也有霍英东基金会捐资建成的、设备先进的呼吸危重症监护中心作为重症"非典"病人的救治工作平台。他相信要抢救"非典"重症病人，广州呼吸疾病研究所比其他医院更具有优势。他也了解广州呼吸疾病研究所这些朝夕相处的同事，他们有经验，有担当，如果把重症病人送到这儿来，病人获救的概率会大些。再则，这些重症病人传染性强，如果所有医院都收治的话，潜在的传染区域就扩大了。只有将他们集中起来，才能控制、缩小在救治病人过程中的传染范围。除了以上所述，钟南山认为，将重症病人集中于研究所，对于研究所来说，也是机遇。研究所将直接接触到最全的"非典"病例，从学术角度看，实际上获得了个好机会，可以充分运用丰富的病例资源，细化研究，深入探讨，并可以尝试做出创新。越过当下，钟南山的目光已经投向学术研究的远方。不入虎穴，焉得虎子？当下所有的艰苦跋涉，都是为了采撷远方甘美的胜利之果。

钟南山身先士卒，奋战在第一线。他把自己的意图明确告诉并肩作战的同事们。他信任大家，也得到了大家的信任。他亲自检查病人，救治危重患者。他就在第一线，就在医务人员之中，就在病人之中。他的手机二十四小时开机，不仅要随时处理广州呼吸疾病研究所收治病人所遇到的疑难问题，而且随时准备回应指导广州大小医院的求教。当钟南山向广东省卫生厅请命"把最重的病人都送到我这里来"时，他就已经将自己，将这里的所有医务人员与研究所紧紧捆绑在一起了。"我"就是研究所，研究所就是"我"。他的请命，将一个个濒临绝境的重症患者，往"生"的境地送，却把广州呼吸疾病研所推向最危险的传染区域。在请命的那一刻，钟南山就背负起了必须保证研究所所有医务人员平安闯过疫情的沉沉重压。令他欣慰的是，研究所的所有医务人员无一人退缩，全都义无反顾地跟着他与死神赛跑，从病魔手中抢回一个又一个的生命。

广州呼吸疾病研究所陆续有医生、护士倒下，其他医院也有染病的医务人员一个个被送到这儿。钟南山感到万剑穿心。他为染病的医务人员制定治疗方案，每天问候患病的医务人员。每天不管多累，多忙，他都到广州医学院的病房走一趟，了解每一位医务人员的身体状况，检查每一位医务人员的隔离措施。在抗击"非典"战役最艰难的时刻，社会上依旧有着对医务人员不信任和误解的杂音，钟南山痛心疾呼，呼吁全社会给予无私无畏与病魔抗争着的医务人员以信任、尊敬和支持。

在广州市科技局与卫生局的领导下，钟南山牵头广州地区的专家，与香港大学医学院微生物学系合作，成立了"广州非典型肺炎流行病学、病原学及临床诊治课题小组",两地专家携手攻关。钟南山和课题小组全力以赴钻研疾病的治疗方法。

疫情的阴霾,森冷地向外扩张,二〇〇三年三月底,"非典"疫情已经在好几个国家出现,后来很快蔓延到澳大利亚、新加坡、加拿大等国家和中国台湾、香港等地区。

四月三日,钟南山在广州代表广东省非典型肺炎医疗救护专家指导小组,向世界卫生组织专家小组做汇报。

世界卫生组织的专家,原本对中国应对"非典"的能力表示怀疑,然而在听了钟南山翔实而具有说服力的汇报后,非常震惊。他们对中国人的工作做出了充分肯定:"有些经验,是通过生命和鲜血换来的。钟南山教授的经验十分丰富,这些经验对于全世界抗击SARS工作都是宝贵的财富。在防治SARS方面,广东做了大量的工作。"

这是钟南山第一次与世界卫生组织接触,他让世界卫生组织看到了一位敢说真话的中国专家,看到了中国人在应对SARS这一世界级医学难题时无畏的态度与认真钻研探索的精神。中国人在实践中有了答案！此时，钟南山站在国际专家面前，他代表的是中国医生，是中国人！钟南山再一次为中国人赢得了赞誉。钟南山对自己所做的汇报之成功并不在意。他觉得，自己不过是在尽本分完成任务。汇报中国抗击"非典"的情况很重要，实事求是说出自己的想法很重要，但更重要的是，钟南山希望解决问题！五天的时间，以钟南山为代表的广东省专家与世界卫生组织专家进行了很好的交流。他们交流了病人的诊疗问题、流行病学的规律问题，对SARS进行了病原学的探讨，彼此建立了友好关系。大家的目标一致：共同面对人类的疾病。

在广州市科技局举行的广州地区非典型肺炎病原研究进展发布会上，钟南山发言宣布，截至四月十日，四月份广东省非典型肺炎发病人数与上月同期相比呈明显下降趋势。三月份以后病人极少死亡，绝大部分病人治愈。《广东省医院收治非典型肺炎病人工作指引》《广东省公共场所预防控制非典型肺炎工作指引》《广东省学校、托幼机构预防与控制非典型肺炎工作指引》的颁发，有力地指导了各地的"非典"防治工作。钟南山在会上总结了广东防治非典型肺炎的三点主要经验：一是重视流行病学、病原学、临床医学的信息交流；二是充分利用总结出的四项有效的临床治疗经验，即中西医结合治疗、按需适当地使用大剂量皮质激素、无创通气和重视继发性感染；三是及时将危重非典型肺炎患者集中到专科医院救治，从而减少交叉传染，提高救治成功率。

正是在以钟南山为代表的专家的坚持下，广东抗击"非典"得以朝着正确的方向前行。在以钟南山为代表的广东医务勇士们的舍身奋战下，广东省抗击"非典"取得了卓有成效的进展。也正是他们以事实为依据，从实践中摸索出来的不循常规的有效措施，成为我国抗击"非典"的诊治指南基础，使得广东省的"非典"病死率（3.8%）全球最低。

说，还是不说

三月的北京，人们生活照常。中国南方那致命的"非典"疫情，也似乎只存在于报纸上、电视屏幕上。生活在北京的人们对于那致命的、传染性极强的肺炎，于闲谈中聊上几句，也就不以为意了。危险未来临，大家都理所当然地高枕无忧。

他们不知，"非典"疫魔，已悄然潜入北京。三月六日，北京出现了第一个"非典"病例。

"非典"以迅雷不及掩耳之势，气势汹汹地在首都北京宣告自己的存在。三月二十八日，世界卫生组织正式将非典型肺炎命名为"严重急性呼吸综合征"（即SARS），并指出SARS已在全球蔓延。四月十二日,世界卫生组织宣布将北京列为疫区。人们开始惶恐不安,原本熙熙攘攘的街道一下子冷清下来,人们不再热衷于聚会,所有出门在外的人都戴着口罩,捂紧衣袖领口,全副武装。

清明时节,远在广东的钟南山为父母扫墓。在父亲钟世藩的墓前,钟南山凝神看着父亲长眠之地,仿佛看见了时光彼端的父亲,威严刚毅,时刻提醒着他要做个诚实、正直的医者。

"爸爸,我该说,还是不说?"

父亲的长眠之地,静寂肃穆,可他分明听到父亲的话,穿越时空、穿越生死而来:"实事求是!"

钟南山站在父亲的墓前,目光坚毅笃定,一如他所敬重的父亲。

四月十日,钟南山北上,参加北京为世界卫生组织官员和中外记者召开的新闻发布会。有记者问道:"是不是疫情已经得到了控制?"

钟南山面对聚焦的目光,面对一个个镜头,面对长枪短炮般伸向他的麦克风,说出了早就郁结于心的话语:"什么现在已经控制?根本就没有控制!"

会场哗然。

钟南山继续说道:"最主要的是,什么叫'控制'?现在病原不知道,怎么预防不知道,怎么治疗也还没有很好的办法,特别是不知道病原在哪里!现在病毒还在传播,怎么能说是控制了?"

全场肃然。

钟南山威严而坦诚地说:"我们顶多是遏制,不叫控制!从医学方面的角度看,这个病并没有得到有效控制。我们不要用'控制'这个词,应该用比较客观的'遏制'这个词。因为这个病本身的病原都没有搞清,你怎么能控制它?"

面对记者的提问,钟南山作答迅速。他实事求是地正面回复,是就说是,不是就说不是,这是父母从小就要求他做到的。这也是他为人处世一贯的作风。现在,既然他被推向万众瞩目的焦点,那么,就坦诚作答,承担他所该承担的。

在这次新闻发布会上,钟南山讲了三个关键

问题：要对病毒进行更多研究；医务人员要加强防护；要进行更多的国际交流协作。

四月十一日下午，广州呼吸疾病研究所拟在次日下午举行新闻发布会，宣布从广东非典型肺炎病人气管分泌物中分离出两株新型冠状病毒，显示冠状病毒的一个变种极可能是非典型肺炎的主要病原。四月十二日，广州各大媒体首次公布，在广东暴发的"非典"，病原体"冠状病毒"已找到。

四月十四日上午，在广东视察的时任中共中央总书记胡锦涛来到广东省疾病预防控制中心，看望来自二十三家防治非典型肺炎一线医院的代表，并同他们亲切交谈，肯定了广东医务人员在抗击"非典"这一关系到全人类健康的疾病中所做的工作。钟南山得知自己最初提出的抗击"非典""大协作"观点得到总书记认可之后，欣喜若狂。他的良苦用心，他顶住误解与非议的执着坚持，终于得到了肯定的回应。

四月十六日，世界卫生组织正式确认冠状病毒的一个变种是引起"非典"的病原体。世界卫生组织的结论，证实了以钟南山为代表的广东医学专家对"非典"病原所下的结论是正确的。在病原体之争上，钟南山始终坚持实事求是的态度，尊重科学，尊重实践，不唯上，不唯书，只唯实。

四月二十日下午，国务院新闻办公室举行新闻发布会，通报了全国非典型肺炎防治工作情况。权威主管部门坦诚、负责、实事求是的姿态，令全国人民振奋。中国抗击"非典"的战役打开了新局面。

四月二十三日召开的国务院常务会议，决定成立国务院防治非典型肺炎指挥部，由时任副总理吴仪任总指挥，中央财政设立二十亿元的非典型肺炎防治基金。吴仪就北京"非典"防治问题，两次与钟南山面谈。钟南山提出的建议，被全部采纳。

钟南山多次在公开场合表明了对"讲真话"的观点："诚实、诚信永远是上策。讲真话的可贵之处，不在于它的对与错，而在于它是心里话。"讲真话的钟南山，获得了国家的褒奖，人民大众为此鼓掌叫好，为政府的公正、开明而叫好。

历史不会忘

二〇〇三年四月二十六日,中央电视台《面对面》节目播出记者与钟南山院士的访谈录,引起全国人民的广泛关注。在这期访谈节目中,钟南山坦诚回答了"非典"来袭时的心理状态、自己的情绪与信念,自己与医务同人的所作所为所想,以及面临的挑战与克服的重重困难,还有探究病原体、尝试国际协作的曲折与艰辛,坦言自己发声纠正"控制"与提出"遏制"的原因。在访谈中,面对记者提出的尖锐问题,钟南山坦荡地回答:"我们搞好自己的业务,以及做好疾病防治,这个本身就是我们最大的政治。你在你的岗位上,你能够做得最好,这就是最大的政治。"

钟南山的真诚与担当，令人民大众深受触动。他仗义执言，一身正气，不计个人得失，坚持真理，在中国人心中树立起抗击"非典"的勇士形象。

二〇〇三年四月二十九日，钟南山随国务院总理到泰国出席中国-东盟领导人关于非典型肺炎问题的特别会议。随行的钟南山接受记者采访，以坦诚、专业的态度为中国发声，获得国际好评。此后，钟南山以传递中国抗击"非典"的真实、正面形象为己任，一旦国家需要他在国际上发声，他哪怕再疲惫也从不推托。他咬牙坚持着，国内"非典"战场上依旧有他忙碌的身影，而在国外十多个国家和地区，也有他马不停蹄的身影。二〇〇三年，国际临床医学权威杂志《柳叶刀》刊发了钟南山和其团队研究人员合著的论文《在广东出现的非典型病原体》。这篇论文，是以钟南山为代表的中国医务研究人员为人类抗击疫病贡献的宝贵文献。

"非典"期间，钟南山孜孜以求，为找到真正的病原体忍辱负重，寻求多方协作；他以事实为据，不明哲保身，坚持"病毒"说；他突破常规，在实践基础上大胆开创新疗法，尝试以皮质激素控制病情；他在危急关头挺身而出，主动请缨，说出真相；他为中国发声，维护中国形象。"非典"后期，钟南山继续进行艰苦的探索，寻找病毒宿主；二〇〇四年他在"非典"重袭谣言四起之时，以正义、求实的形象，击破谣言，再次获得人民大众的信服，"非典"战役完美收官。他是中国当之无愧的抗击"非典"的勇士与功臣。《人民日报》二〇〇三年四月二十一日刊登的《站在抗击"非典"最前沿》一文中，对钟南山有如下评述："历史不会忘记为防治'非典'无私无畏、勇于奉献的医务人员，也不会忘记钟南山——这位中国医疗界的杰出代表，站在抗击非典型肺炎最前沿的科学家……在抗击'非典'的搏杀中，钟南山院士用他大无畏的献身精神、实事求是的科学精神、拯救生命于死神的博爱精神，告诉了我们，什么是医生的天职。"

荣誉接踵而来，二〇〇三年，钟南山当选全国先进工作者并荣获全国五一劳动奖章、中国医师协会"中国医师奖",还被评为全国卫生系统抗击"非典"先进个人、全国防治非典型肺炎优秀科技工作者、CCTV感动中国十大人物,担任世界卫生组织全球慢性呼吸疾病医学顾问;二〇〇四年荣获卫生系统最高行政奖励"白求恩奖章";二〇〇六年获中国呼吸医师奖;二〇〇七年荣获全国道德模范(敬业贡献奖)、全国十大科技英才,并被英国爱丁堡大学授予荣誉博士学位。二〇〇九年,入选"新中国成立60年以来100位感动中国人物"。评委会对钟南山的评语是:在抗击"非典"时,他以实事求是的态度、勇往直前的大无畏精神,主动请缨收治危重病人,全力以赴地精心制定医疗方案,以医者的妙手仁心挽救生命,显示出了科学家治学严谨的作风与高度的责任感。在关系到抗击"非典"成败的重大问题上,他能置自身荣辱得失于度外,力排众议,坚守科学家的良知。

服务于社会

钟南山不仅仅是医学泰斗,他的身上,亦彰显了知识分子的道义责任与社会担当。"非典"之后,钟南山声名鹊起,他可谓当之无愧的中华医学界呼吸疾病研究的权威。二〇〇五年,钟南山当选中华医学会会长。他是新中国成立后中华医学会七任会长中的第二位学者。钟南山之所以担任这个职务,就是想实实在在地为广大医务人员做点事。上任之后,他对中华医学会的管理机制进行了改革,对中华医学会提出两个要求:"民主"与"服务"。中华医学会务实地聚焦于向党和政府反映医学科技工作者的意见和要求。

除了担任中华医学会会长的社会工作之外,

钟南山还以全国人大代表和全国政协委员身份，认真执行代表职务和参政议政，服务国家与社会。他当选党的十五大代表，历任第八届、第九届、第十届全国政协委员，第十一届、第十二届、第十三届全国人大代表。"非典"之后，钟南山的勇者仁医形象深入民心，他对社会问题的关注与建议，更加引人瞩目。

让我们看看他在历年全国人大会议上的履职发声：

二〇〇八年，钟南山作为第十一届全国人大代表，第一次参加全国人大会议。在分组讨论中钟南山为医疗改革提建议，获得了参加广东省代表团讨论的时任总理温家宝的肯定。

二〇〇九年，钟南山参加全国人大会议，《广州日报》刊发的《人大代表当学钟南山》的报道，被人民网转载。

二〇一〇年，钟南山在全国人大会议上为医改建言，建议若取消药品加成应引入公益补偿，认为公立医院对医改最大、最重要的贡献是使公立医院有助于提高其相应或辐射的社区城镇的医疗水平和管理能力。

二〇一一年,钟南山建议政府应该明确规定医疗卫生投入在国内生产总值中的比重,并建议我国制定《中华人民共和国公共卫生法》。他认为这项法律应该包括四部分内容,一是预防控制突发疾病,如"非典"、禽流感的暴发;二是改善与健康相关的自然和社会环境,如空气质量的监控;三是保证基本的医疗服务;四是培养公众的健康素养。

二〇一二年全国人大会议期间,钟南山为"看病难""看病贵"问题发声。在分组讨论时,他建议在全国展开$PM_{2.5}$①监测,在重点区域先行开展防治工作,从国家层面对优化产业结构、汽车尾气治理和优化能源结构做出硬性制约。

二〇一三年,钟南山在深入乡村调查后,在全国人大会议上提交了关于治理雾霾的议案。

二〇一四年,在全国人大会议上,钟南山提出环境也是生产力、竞争力,经济发展也需要绿色环

---

① 在空中飘浮的直径小于或等于2.5微米的可吸入颗粒物,被人体吸入后能进入肺泡,危害健康。

服务于社会

境，建议将治霾成果纳入政府公务员的考核体系。

二〇一五年，钟南山在全国人大会议期间接受记者采访，提出门诊限号治标不治本，真正要解决的问题，是要恢复大医院的公益性；环保部门的执法权应该在大气污染防治法修订中得到加强；还就国产疫苗的安全性发表看法，强调不能在没有依据的情况下得出"国内疫苗没有国外安全"的结论。二〇一五年，治理雾霾降低$PM_{2.5}$已经列入了北京所有区县的政绩考核指标中。钟南山接受记者采访时继续就雾霾问题发声，并做出展望：如果举国上下决心治理雾霾的话，十年内解决问题还是有可能的。

二〇一六年，全国人大代表钟南山指出缺儿科医生的原因是医院公益性缺失，医改要瞄准医院的公益性；药品价格应该找专家研判。他直言自己对医改七年的进程并不满意，他建议公立医院应当回归公益性。

二〇一七年，全国人大代表钟南山建议，医改要加上医德教育。

十六年，弹指一挥间，钟南山主动承担起公

共卫生事件代言人的角色。他的发声，推动了雾霾治理、室内空气污染治理，暴露了医疗改革的薄弱点。在中国每一次突发流感疫情的时候，公众都能在第一时间看见钟南山的身影。他的发声，一言九鼎。"钟南山说"，成为公众所信服的声音。而他也从没辜负公众的信任与期望。他带领团队探索建立了符合中国国情的呼吸道重大传染病防控体系，建立了国际先进的新发特发呼吸道重大传染病"防—治—控"医疗周期链式管理体系，推动了甲型流感防控等公共卫生事件的圆满处理，成为中国公共卫生管理体系发展的推动者和见证者。

在钟南山身上，有着中国传统知识分子勇于担当、服务社会、知行合一的风骨，在大是大非面前，捍卫正义与真理，有着"虽千万人吾往矣"的浩然正气。在钟南山身上，我们看到了源自他父亲钟世藩、母亲廖月琴的清正之气，而他们的精神气质，与千百年来胸怀家国、心怀社稷的中华有识之士一脉相承。

上下而求索

在接受央视《面对面》节目采访时,记者曾问:"对于你个人来说,我觉得荣誉不是问题,学术地位也不是问题,那你这样拼命是为什么?"

钟南山回答道:"想追求一个未知数,这就是我最大的动力。"

钟南山时刻铭记于心的,是自己作为医生服务病人的天职。"非典"之后,除了承担各种社会工作、参政议政发声出力外,钟南山的工作重心,依旧在专业科研上。

慢性阻塞性肺疾病(简称"慢阻肺")的发病与综合防治研究,是钟南山从二十世纪九十年代起即致力研究的课题。钟南山带领协作团队,在国家"十五""十一五""十二五""十三五"科技攻关项目的支持下,组织全国多家单位开展慢阻肺防治和研究的联合攻关,取得了一系列的研究成果。

经过不懈的探索,钟南山和他的协作团队准确地阐述了我国慢阻肺患者的患病情况,确证了生物燃料是我国慢阻肺患者发病的重要危险因素,研创了适合国情的慢阻肺社区筛查技术,建立了适于基层和社区使用与推广的慢阻肺管理系统,制定了针对普通人群、慢阻肺高危人群、慢阻肺患者的分层精准综合干预模式,开创性地研究了适合国情的慢阻肺早期干预防治的药物——国产老药羧甲司坦和噻托溴铵。

钟南山认为,对于慢阻肺的防治,应该像防治糖尿病、高血压一样,进行早期干预,早期治疗。同时,还应该找到患者用得起、经济实惠的药物。钟南山和他的协作团队研究发现,国产廉价的祛痰老药羧甲司坦,可以减少24.5%的慢性阻塞性肺疾病的急性发作。这一成果来之不易,全中国有十三个城市、二十二家医疗单位的科研团队参与了配合研究，联合攻关。羧甲司坦疗效显著，老药新用，药价低廉，大大减轻了病人花钱治病的负担。二〇〇八年，钟南山在国际临床医学权威杂志《柳叶刀》上发表论文《关于羧甲司坦治疗COPD的课题研究》，展示了这一成果。这篇论文，以最高票获得《柳叶刀》二〇〇八年度最优秀论文。

二〇〇九年，钟南山赴罗马出席四十多个国家代表共同参加的世界慢阻肺大会。他在会上介绍了中国对于慢性阻塞性肺疾病的预防、控制与治疗情况。听了钟南山的介绍，各国代表对中国医学研究者以社区系统工程早期干预手段，在解决防治慢性阻塞性肺疾病这一世界级难题上所取得的成绩赞叹不已。中国在此研究领域的领先地位有目共睹。钟南山在国际上公开建议，每个国家的医疗机构都应该建立对慢性阻塞性肺疾病早期干预的系统。他还建议发展中国家发展自己既便宜又有效的药物市场，生产让大众用得起的药物。他的建议，赢得会场上一片掌声。

钟南山常说："科研既要顶天，也要立地。顶天就是抓住国际前沿、国家急需项目，立地就是要解决老百姓的实际问题。顶天的研究不能立地，不能缓解患者的痛苦，意义就会打折扣。"他是这么说，也是这么做的。在钟南山的呼吁与推动下，经过十多年的努力，全国上下都增进了对慢阻肺的早期干预。钟南山所倡导的针对慢阻肺的早期干预战略在国际临床医疗领域也起到了引领作用。

二〇一七年，慢阻肺研究团队再出成果。钟南山他们研究证明了处于无症状或轻微症状阶段的早期慢阻肺患者，使用长效支气管舒张剂——噻托溴铵，能产生显著的临床效果。该研究结果对于早期慢阻肺的诊治具有重要的意义，再一次为国际上慢阻肺的诊治开启了新的战略思路。他们的研究成果发表在《新英格兰医学杂志》，引发全球呼吸疾病领域的轰动，这被钟南山视为"非典"后最满意的一件事情。

二〇一七年，钟南山注意到了肺癌患病率的增加，又开始将目光瞄准推广肺癌筛查的居民健康服务。

荣誉继续源源不断地涌向这位对事业执着追求、永不停下脚步的勇者仁医。二〇〇九年,钟南山入选"新中国成立60年以来100位感动中国人物"。二〇一六年获国家科学技术进步二等奖、中国工程院光华工程科技奖成就奖。二〇一七年获美国胸科学会"呼吸医学巨人(Giant)"殊荣。二〇一八年在庆祝改革开放四十周年大会上,他以"公共卫生事件应急体系建设的重要推动者"的身份,荣获"改革先锋"称号。

"我得干活……"他的话语,穿越时空,与当年老父亲钟世藩的话,呼应共鸣。钟南山在公开场合,不止一次地说过当下他的三个追求:"第一个就是促进呼吸中心全方位建成,现在非常艰难,一定要通过大家的努力,想办法搞成;第二个,我已经研究了二十六年的抗癌药,我希望把它搞成,现在已经走过了大半路程;第三个,我希望使慢性阻塞性肺疾病的早诊早治形成全国的乃至全世界的一个治疗思想。"

在医学探索的道路上,钟南山跨越一道道障

碍，执着前行。他的眼前，是无限接近，却永难达到的科学完美之境，在这迷人的境地里，他是永远青春的强者，永远抱有勇气与力量，永远抱有活力与生机。

少年与院士

二〇一九年八月三十一日，在一架从新加坡飞往广州的客机上，一名九岁的男孩忽然感到身体不适，男孩的父亲急忙向乘务员求助。恰好钟南山同在机上，闻讯起身。哪儿有病人，哪儿就是他的战场。

"钟南山院士来了。这位是钟南山院士……"

钟南山行走在狭窄机舱内的过道上，飞机上所有的人都将目光集中在他身上，目光中带着惊喜、尊敬与热爱……他们熟悉"钟南山"这个名字，甚至熟悉他出现在媒体上的形象，但从未想过，能亲眼看到这位勇者仁医。现在，钟南山就在他们中间，熟悉却又陌生。

钟南山一如既往，俯下身，亲切温和地询问小男孩和男孩的父亲。他伸出手触摸男孩出现红疹的胳膊。他的身子俯得更低了，细细查看孩子。

"看起来像食物过敏引发的荨麻疹。"钟南山做出诊断。他的嗓音平和，神色沉稳。确认孩子并无大碍后，钟南山平静地转身返回座位。机上的乘客，亲眼看到了钟南山院士为男孩看病的这一幕，所有人都默默看着，默默听着，一道道的目光，诉说着对勇者、善者的敬意。

已八十三岁的钟南山，仍然坚守在临床一线。他忙碌的身影，依旧出现在广州医科大学附属第一医院呼吸科门诊。他如亲人般对待每一位患者，他用自己的手先为病人焐热听诊器；他扶起每一位病床上的病人，为他们测血糖、做触诊，检测结束后，再扶着病人躺下，为他们掖好被子；在查看病人咽喉时，他自己也张开嘴，为病人示范"啊"……他近似虔诚地履行着医生的职责，他对病人的怜惜与体贴，感动着每一位前来就诊的病人。病人期待着钟南山，而为了不辜

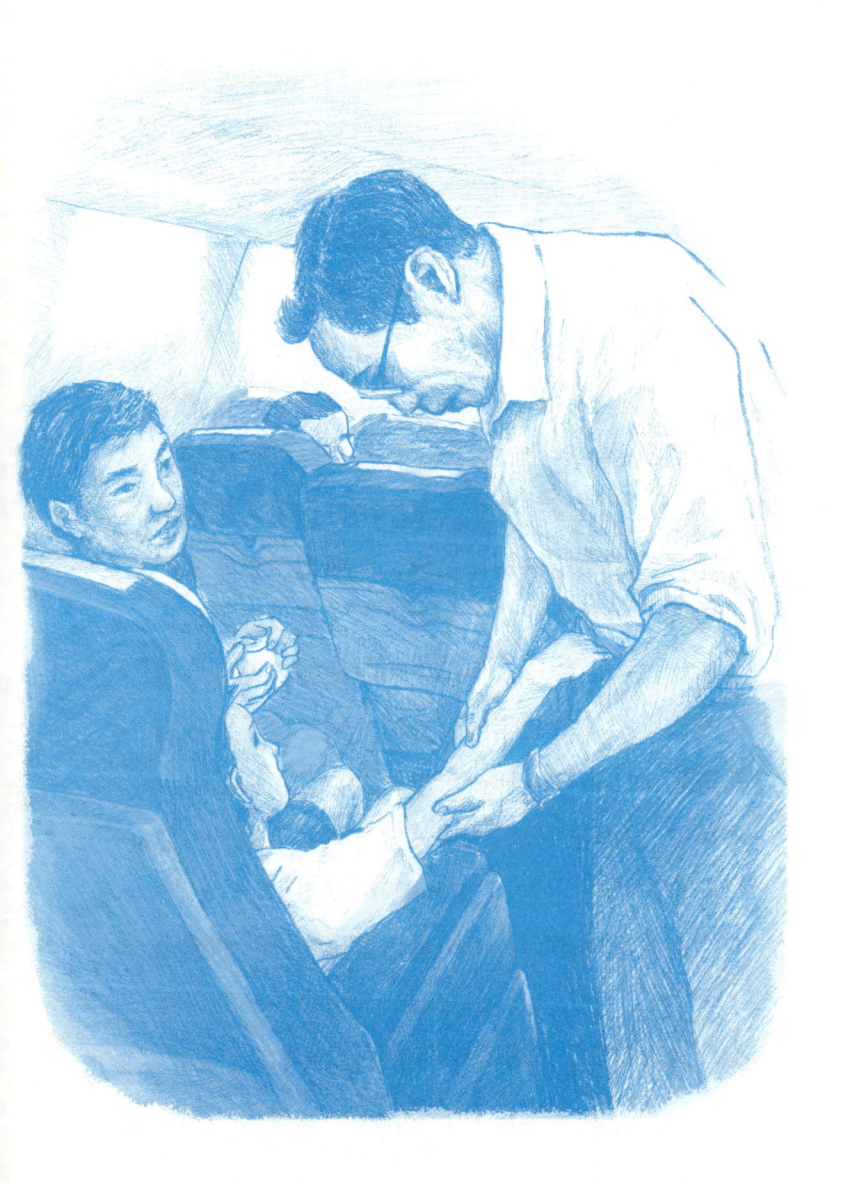

少年与院士

负期待，钟南山不让自己歇息。病人源源不断地来，他就马不停蹄地忙。每周三上午，他就出现在病房，带领学生、医生查房、会诊，一直忙到中午十二点多。每周四下午是他的门诊时间，病人太多，有时得一直工作到晚上七点多。除此之外，他得继续开展科研工作，研讨，开会，承担各种社会职责，作为全国人大代表履职……钟南山知道自己不能倒下，为了保持良好的身体状态治病救人，他坚持锻炼，毫不马虎。但人的血肉之躯，毕竟不是由钢铁筑成，即使勇者有着坚强的毅力，在超负荷的工作强度下，还是会出现状况的。二〇〇四年，他得了心肌梗死，做手术装了支架；二〇〇七年出现心房纤颤，逼得他告别篮球场；二〇〇八年得了甲状腺炎，短短两个月瘦了五公斤；二〇〇九年又做了鼻窦手术……但是，他依旧站立着。找他看病的人太多太多了，有些病人，等不到钟南山看诊就已病逝。钟南山谈及他们，总是归咎于自己。钟南山不允许自己倒下，他身后，有那么多需要他的病人。

国士的担当

"非典"过去十七年后,当疫情再次肆虐时,八十四岁的钟南山义不容辞,再次出征。事情的起因是,二〇一九年十二月八日,武汉发现首例不明原因肺炎病例。十二月三十日,武汉市卫生健康委员会对外公布,武汉陆续出现不明原因肺炎病人。十二月三十一日,国家卫生健康委员会专家组抵达武汉,展开检测核实工作,武汉市卫生健康委发布官方通报——发现病例二十七例,其中重症七例。但这一消息,依旧没有打破全中国人民迎接新年与春节阖家团圆的欢乐祥和气氛。二〇二〇年一月三日,武汉发现的不明原因肺炎患者增加至四十四例,其中重症十一例。

一月七日，专家组初步判断病原体为新型冠状病毒。随着武汉新型冠状病毒肺炎病例的增多，疫情开始引发多方关注。钟南山院士临危受命，出任国家卫生健康委高级别专家组组长。

一月十八日十七点，钟南山从广州前往疫情中心武汉。事态紧急，乘坐高铁列车的他，只能将就着坐在餐车一角。列车一启动，钟南山高强度的工作就开始了，他在车上研究文件，倦怠至极，也只能仰靠座椅闭目稍作休息。八十四岁的钟南山在餐车一隅蹙眉闭目稍作休息的照片令多少民众揪心感怀。到达武汉后，钟南山根本顾不得舟车劳顿，马上听取武汉方面的疫情汇报，一番劳碌之后已是深夜，他方得以歇息。一月十九日上午，钟南山前往武汉金银潭医院和武汉疾病预防控制中心了解情况，中午都无法休息，接着开会到下午五点，随后乘机赶往北京，参加国家卫生健康委员会的会议，至二十日深夜两点左右才歇下。一月二十日，钟南山清晨六点起床，又开始了高强度工作的一天：研究文件、查阅资料、准备材料，而后参加全国电话会议、新闻发

国士的担当

布会、媒体直播连线……忙碌至深夜。

　　武汉疫情，牵动着全国人民的心，新型冠状病毒的源头在哪儿？是否存在人传人的现象？各方传言、各种猜测四起，全国人民迫切想听到让他们信服的声音。在民众眼里，钟南山代表着正直，代表着科学，代表着权威。"钟南山说"从没辜负过公众的信任与期望。现在，全国人民期盼的"钟南山说"终于又出现在大家面前了。一月二十日晚，钟南山接受央视直播采访时直言不讳：基于武汉和广东病例，确认新型冠状病毒可以人传人，目前已出现医务人员被传染。病毒源头不清楚，但可能是竹鼠、獾这类野生动物。民众如无必要，近期不要去武汉，有发热症状及时就医。若大家买不到N95口罩，医用外科口罩也可以起到阻隔飞沫传播的作用。防控要点是阻止出现超级传播者。他表示，此次肺炎疫情仅用两周时间就定位了新型冠状病毒，加上很好的监控和隔离制度，大家要有信心。钟南山的发声，平复了诸多谣言与不实信息的影响，将新型冠状病毒肺炎人传人的传染性与已有医务人员感染的疫情态势如实呈现在全国人民面前，让全中国站在真相的面前，理智思考。

一月二十日之后，中央强有力推进防疫工作，各省市快速反应，对新型冠状病毒肺炎部署"早发现、早隔离"的防疫措施。一月二十三日，武汉关闭机场、火车站离汉通道，果断地强制阻断武汉已感染人群向外省区市的进一步蔓延。一月二十三日上午，浙江率先启动重大公共突发卫生事件一级响应，此后至二十五日，除当时尚未发现疑似或确诊新型冠状病毒肺炎病例的西藏外，全国已有三十个省市自治区启动重大公共突发卫生事件一级响应。武汉决定在火神山医院之外，再建一所"小汤山医院"——武汉雷神山医院。全国人民万众一心，抗击新型冠状病毒大战的帷幕就此拉开。

一月二十八日，钟南山接受新华社采访，明确疫情还是局部暴发，他说，大家的劲头上来了，有全国人民帮忙、大家帮忙，武汉一定能够过关。"武汉本来就是一个英雄的城市……"他说到这里，沉默片刻，强忍对武汉人民受疫情之苦的悲悯和对全国人民万众一心的感动之泪。钟南山钢铁意志背后的悲悯柔情，令全国人民震撼动容。

《人民日报》官方微博这样评价他：八十四岁的钟南山，有院士的专业，有战士的勇猛，更有国士的担当。一路奔波不知疲倦，满腔责任为国为民，的的确确令人肃然起敬！

当钟南山还是个少年时，他想飞起来，像所有身怀绝技的侠士，高高飞起，像鸟儿一样。少年渐渐长大，人生之路上诸多的磨难与历练，锤炼着他的意志；天赋的才能，在他身上绽放发展，向他的生命深处探伸多条触须。他是曾打破全国纪录的运动健将，在文艺舞台上游刃有余的歌者、舞者、黑管演奏者，是仁爱的医生，严格的导师，开明的领导，学术权威……他的天赋与意志，赐予他生命发展的多种可能，但他最终专注于医学，执着探索，并将自己的才干发挥到极致。

事实上，钟南山已经圆了年少时的梦。如今的他，就是一位身怀绝技的勇士，用自己渊博的知识、过人的医术和力量，为千千万万的病人撑起牢靠的保护伞，为他们抵挡肆虐的病魔。但他的贡献远不止于此。黄庭坚在《书幽芳亭记》中写道："士之才德盖一国，则曰国士。"当两次疫情肆虐，给民众带来危难之时，钟南山逆向而行，挺身而出。他张开双臂，为整个国家和民族，挡住风雨冰霜；用凛然风骨，诠释了"国士"风范。他是当之无愧的中国脊梁、中国国士。

钟南山曾说过这么一段话："始终不安于现状，这好像是我生命的主轴，哪怕是在'文化大革命'的时候也是这样，所以我一直在往前走。假如所有人都有这么一颗恒心，都有一个追求，然后努力朝前走，就会有很大的收获。每个人都能这样，不枉过这一生，这个社会就会进步很快，国家也会进步很快。"

"不枉过这一生"，钟南山执着向前，用行动诠释着对国家之爱，对人民之爱，对生命之爱。